シェニール織とか黄肉のメロンとか

Kaori Ekuni
江國香織

角川春樹事務所

シェニール織とか黄肉のメロンとか

1

電源にさしっぱなしのプラグ（固定電話につながっている）に埃《ほこり》が薄く積もっているのが、首をひねると目の前に見えた。普段それなりに掃除はしているつもりなのだが、反対側に首をひねると、ソファの下にもおなじように薄く埃が積もっていた。深夜で、光源といえば、部屋の隅にあるフロアスタンドの笠ごしに広がるぼんやりした灯《あか》りのみだが、目が慣れると存外いろいろな物が見えることに、民子《たみこ》は新鮮な驚きを感じる。壁の絵はすこしまがっているようだし、ただ黒く四角く輪郭だけが浮きあがっているテレビ画面は、どことも知れない虚空を映しているようで不気味だ。それらを、民子はいま、自宅のリビングに敷いた客用布団に横たわって見ている。スタンドの灯りが天井につくる影はまるく、どういうわけか微妙に震えていて、子供のころなら自分はあの影の震えに怯《おび》えたかもしれないなと思った。冷蔵庫の低くうなる音が、ときおり台所から聞こえる。

「いつも寝るところじゃないところに横になってみればいいのよ。廊下とか、台所とか。そうすればすぐにわかるから。よく知っているつもりの場所が、実は全然知らない場所だってことが」

夕食のあと、二人でワインをのみながら喋《しゃべ》っているときに、理枝《りえ》は言った。確かにその通りで、部屋は見慣れない場所に感じられ、落着かなくて民子は眠れずにいるわけなのだが、もしかすると私は上手《うま》くまるめこまれただけなのではないか、という疑問が頭にちらつくのも事実で、理枝は、自分が民子の寝室を使いたいがために、そんなことを言ったのかもしれなかった。

清家《せいけ》理枝は民子の大学時代からの友人で、外資系の金融会社に勤めて、ながくイギリスに暮していた。仕事を辞めて帰国するので、住むところが決まるまで泊めてほしい、という連絡がきたのが一月ほど前で、民子は構わないとこたえた。断る理由がなかったからだ。他の友人たちの家には夫や子供がいるが、民子の家にはどちらもいないのだし、母親と二人暮しで、その母親と理枝は昔から奇妙な具合に馬が合い、学生時代、理枝は民子が留守のときにも（というのはつまり民子が授業にでていたときで、理枝は授業をさぼりがちだったということだが）、遊びに来たりしていたのだから。

理枝について言えば、これまでにも一時的な帰国はたびたびしており、そういうときには実家に身を寄せていたのだが、両親がどちらも亡くなり、実家にはいま弟一家が住んでいるとかで、「あたしは家なき子になった」と本人は言う。昔から財テクに熱心だった理枝が都内にマンションの部屋を幾つも所有していることを民子は知っているが、それらはすべて管理会社を通じて他人に貸しており、あくまでも副収入用で、自分で住むつもりはないらしい。

というわけで理枝の一時滞在が決まると、本人の帰国に先がけて、まず荷物が届いた。着道楽の彼女らしく夥《おびただ》しい量の服や靴があり、向うで買い集めたというアンティークの食器や、おなじくアンティークだという大きな全身鏡、コンソールテーブルやチェストといった、彼女いわく

「一生もの」の家具に加え、肌触りがいいので手放せないというカシミアの毛布まであって、荷物だけで廊下とリビングの半分が占領されてしまった。そこに満を持して本人が帰国し、ワイン二本と深夜までのマシンガントーク（もちろん喋っていたのはほとんど理枝だ）を経て、民子はこうして客用布団に横たわっている。

断る理由がなかったのだ、と、天井を見ながら民子は改めて思う。頼まれ事を断るには理由が必要で、理由が見つからない以上、引受けるしかないではないか、と。けれど考えてみると（というより、考えるまでもなく思いあたるふしがいろいろあるのだが）、断る理由がないという理由で引受けた事柄によって、民子はこれまで人生のさまざまな局面で、厄介な目に遭ってきていた。仕事にせよ男性からの誘いにせよ、借金の申し込みにせよ——。

なにしろ、記憶にあるなかでいちばん古いその種の出来事は、小学生時代にまで溯《さかのぼ》るのだ。民子は十歳だった。昼休みに校庭にでようとすると、おなじクラスの女の子に呼び止められた。苗字《みよう》《じ》は忘れてしまったが、ケイコちゃんという名前だったことを憶《おぼ》えている。絵をかくのが好きな、おとなしい女の子だった。「あのね、おねがいがあるの」ケイコちゃんは恥かしそうに言った。どちらも社交的なタイプではなく、休み時間も一人で過すことが多かったので、そのときも周囲に他の子はいなくて、二人きりだった。「なに？」民子が訊《き》くと、ケイコちゃんは「ちょっと投げさせてほしいの」と言った。「ちょっとだけでいいから」と。そして、人が人をほんとうに投げられるものなのかどうか知りたいだけなのだと説明した。

民子には断る理由がなかった。ケイコちゃんに悪気がないことはなぜかはっきりわかったし、一人で過す昼休みに、他の用事もなかったからだ。「どうすればいいの?」と尋ねると、「ただ立っていてくれればいいの」という返事だった。「ただ立って力を抜いて、腕をとらせてくれればいいの」

民子はその通りにした。次に起きたことが何だったのか、そのときですら民子には理解できなかったのだが、ひとつだけ明快にわかったのは、ケイコちゃんが一瞬もためらわなかったことだ。気づいたときには、民子は顔から落下していた。二人がいたのは校舎から体育館に続く渡り廊下で、コンクリートでできたその床の上を、民子は勢いよく顔で滑ってしばらく進んだらしかった。ひたすらびっくりしただけで、痛みは感じなかったに違いない。泣きもせずに立ちあがり、心配そうに駆け寄ってくれたケイコちゃんに何度も謝られながら、そのまま午後の授業にでたのだから。じわじわと出血し、顔全体が腫れ始めたのはそのあとだった。気づいた教師が悲鳴をあげ、保健室経由で病院に連れて行かれた。擦過傷と火傷《やけど》と診断され、皮膚にめりこんだ砂の除去に時間がかかったというのは、あとから母親に聞いた話だ。

この出来事は、民子とケイコちゃんの距離を縮めもしなかったし、広げもしなかった。休み時間にはどちらもあいかわらず一人で、でも目が合えば、互いに小さな笑みを交わした。が、民子とケイコちゃんが二語以上の言葉を交わしたのは、卒業までの年月で、結局あの一度だけだった。

記憶が記憶を呼び、小学校や中学校、当時住んでいた家や、まだ生きていたころの父親などに思いをめぐらせるうちに、民子は眠ったらしかった。

「おはよう。カーテンあけるわよ」

理枝の声が聞こえ、全然眠った気がしないと思いながら目をあけると、外にまだ日はでておらず、おそらく五時とか六時とかの空気の色合いなのだった。

早朝の庭は気持ちがいい。室伏早希《むろふしさき》はパジャマにカーディガンを羽織り、長靴をはいて、コーヒーの入ったマグカップと共に土の上に立っている。寒いことは寒いが、冬のあいだの刺すような冷たさはもうなく、空気は水のようにゆるんでいる。庭に色味はまだないけれど、もう春なのだと早希は思い、できるだけ鼻腔《びこう》をふくらませて、土と植物の匂いをすいこんだ。この時間にしか鳴かない鳩《はと》の、低くのどをふるわせる声がしている。

たいして広い庭ではないが、早希はここに、夏には木陰ができるくらいにはたくさんの樹木を植えている。高木もあれば低木もあり、蔓《つる》植物もあれば草花もある。大切なのは――というより、早希がつねに胸打たれるのは――、庭が空間であり立体であるという事実で、問題は面積ではないのだ。注意深くはびこらせれば、植物はいくらでもはびこる。そのことの不思議に気づいてから、早希は家のなかのどこよりも庭が好きになった。

コーヒーをのみ終え、室内に戻ると、着替えて男たちを起こした。男たちというのは夫と下の息子で、上の息子はすでに家をでている。去年、就職を機に一人暮しをすると決めた彼は、「このままこの家にいたら俺はだめになる」という捨てゼリフを残していったのだが、それがどういう意味なのか早希にはさっぱりわからなかったし、いまもわからない。一人暮しはたのしいらしいが、しょっちゅう家に帰ってくるし、学生時代から合宿その他で外泊の多い子だっただけに、家をでる前とあまり変らないように早希には思える。まあ、男の子だから――。息子たちに関して理解のできないことは、いつもそう考えて自分を納得させてきた。無理からぬことだと自分で思う。妻であり母である早希はかつて少女だったし、大人の女になりおばさんになり、いまやおばあさんになりかけているわけで、一度として男の子だったためしはないのだし、この先も、そういう生きものになる可能性はないのだから。

グループラインに気づいたのは、男二人に朝食をたべさせ、それぞれ会社と高校に送りだして、ひととおりの家事に着手し、掃除の途中で一息つこうとしたときだった。チャット数が十二もあるのを見て、そういえば理枝の帰国はきのうだったと思いだした。ひらくと、「ただいまー」という理枝の言葉の下に、写真がたくさんならんでいる。理枝と民子のツーショット写真（二人で写っている写真をそんなふうに呼ぶのは日本人だけだろうし、すわりの悪い言葉だとも思うが、ともかく）や、おそらく薫《かおる》さんの心づくしだと思われる料理の数々、その薫さんの笑顔の一枚、段ボール箱から、何やら荷物をとりだしている理枝（パジャマ姿）、二つならんだワイングラスのアップ写真――。早希には、まるで自分もその場にいたかのように、ありありと想像ができる。にぎやかな夜だったのだろう。帰国で気分が高揚している理枝は、ほとんど喋り通しだったに違いない。民子は聞き役に徹しているつもりだっただろうけれど、理枝の言葉にいちいち反応してしまうから、結局話が長引いただろうし、そんな二人を、薫さんはおもしろがって眺めていただろう。それでもやがてあきれて（あるいは単に眠くなって）、薫さんは寝室にひきあげ、そのあとも、あの二人は遅くまでお酒をのんだだろう。昔から呑《の》み助たちなのだ。

早希には自分の感情がよくわからなかった。その場にいたかった気もするし、いなくてよかったような気もする。もともと友達の多い方ではない早希にとって、二人は学生時代から交流の続いている数すくない（というよりほとんど唯一の――唯二の、と言うべきだろうか――）友人であり、大切な存在ではあるのだけれども。

まあ、いずれにしても、すぐに会うことになっているのだ。そう考えて、早希は感情の分析をやめた。物事はつきつめて考えない方がいい、というのが、早希が人生の比較的早い段階で学んだ（そして、早希の意見では民子が決して学ぼうとしない）教訓の一つだからだ。

昼食として卵を一つだけ茹《ゆ》でてたべ、早希は掃除の続きにとりかかる。男たちのいる家のなかをつねに清潔に保つには、おそろしいまでの労力が要るのだ。

民子が驚いたことに、午前中にでかけて夕食後に帰ってきた理枝は、民子が仕事をしている部屋に入ってくるなり、

「車買ってきた」

と言った。

「え？」

咄嗟《とっさ》に意味がわからず、訊き返すと、

「ルノーのトゥインゴ・インテンス。コンパクトだし、リアエンジンだからハンドル操作も楽なの。色はフレンチシックなブランクオーツ」

と言って、両手を上にあげ、腰をふってみせる。

「買ったの？」

「そう言ったでしょ」

「きょう？」

「そう」

民子はペンを置いた。

「車庫は？」

「借りたわよ。裏の駐車場だといちばんよかったんだけど空きがなくて、ちょっと歩くんだけど、べつな駐車場をみつけた」

白いボウブラウスに濃い灰色のパンツスーツ、という、仕事を辞めた人とは思えない服装をした理枝は、こってりと口紅を塗った唇で微笑《ほほえ》み（夕食後にまた塗り直したのだろうと民子は推測した）、必要な書類は全部らめてきたから、車両登録が済みしだい納車されると説明した。

「だって、この家、車がないと不便じゃない？　駅が遠くて」

「バスがあるわ」

こたえながら、民子は内心、この人はここにどのくらい留《とど》まるつもりなのだろうかと不安になる。帰国の翌日にいきなり車を買うような決断力（と経済力）があるならば、住む場所を先に決めるべきではないのだろうか。

「お祝いだから乾杯して、乾杯」

弾んだ声で理枝は言い、民子が仕事中であることにも、何のお祝いだかわからないと思っていることにも頓着せず、「その前に着替えてくるわね」とあかるい声をだして部屋をでて行った。

民子の仕事部屋は狭い。ドアと小さな窓を残して、壁面はすべて本棚になっており、そこに収まりきれない本が床にも積まれている。もとは母親がミシン室として使っていた部屋だが、そのころの名残と呼べそうなものは、窓にさがっている古ぼけたカーテン（猫と犬が追いかけっこをしている柄）くらいだ。仕事机とその椅子の他には読書用の肘掛け椅子が一脚置いてあるきりだが、それだけで部屋はいっぱいなのだった。赤ワイン一壜《びん》とグラス二つを持って戻ってきた理枝は、一脚だけのその肘掛け椅子にどさりと腰をおろすと、壜を太腿《ふともも》にはさんで安定させて栓《せん》を抜き、二つのグラスにとぷとぷと注《つ》ぐ。

「もうのんできたんでしょ」

民子が訊くと、

「すこしだけね」

という返事で、理枝のすこしがどのくらいを意味するのかは不明だったが、酔っているようには見えなかった。民子はグラスをうけとり、乾杯の仕種《しぐさ》だけして一口のむ。

「何をたべてきたの」

イギリスの会社でいっしょだった友人のうち、いまは東京支社にいる数人が、帰国祝いをしてくれると聞いていた。

「お鮨《すし》」

ぼそりとこたえた理枝は化粧をすっかり落としており、パジャマの上に、いかにも外国製らしく発色のいい、薄手の青いセーターを重ねている。民子はゆうべもおなじことを思ったのだが、普段パンツスーツやタイトスカート、身体《からだ》の線を強調するワンピースといった好戦的な服装を好む理枝の、こういう、いわば無防備な姿は新鮮だった。

「でも、つまらなかったわ。みんな思い出話しかしないんだもの。ロンドン時代をなつかしむような話ばっかり」

理枝は言い、いやな臭いをかいだときのような顔をする。

「いいじゃないの、思い出話」

「ノウップ」

ノーと言ったらしかった。

「あたしはね、もっと生産的な話をしたいの」

「たとえばどんな？」

ワインを啜《すす》って尋ねると（仕事部屋でのむ赤ワインは、気のせいか書物の風味がする）、

「そうねえ」

と首を傾《かし》げた理枝は、

「百地《ももち》は元気？」

と訊く。

「それのどこが生産的なのよ」

民子は言い、でも元気だとこたえた。すくなくともこのあいだ電話で話したときには元気だったと。

「ふうん」

理枝は思案ありげな声をだす。

「なによ」

「なんでもないけど」

民子には、理枝の頭のなかが見えるようだった。百地幹生《みきお》は遠い昔に民子が交際していた男で、その関係が終ったあとも、ながく友情が続いている（ほんとうに友情としか呼びようがないし、民子はそれが気に入ってもいる）のだが、その百地が最近離婚したのだ（本人の言葉によれば、「妻に逃げられた」）。理枝には昔から、男女イコール恋愛と考える癖があり、だからたぶん、勝手に妄想をたくましくしているのだろう。

「生産的な話っていうのは」

民子は言ってみる。

「たとえば新居探しの希望とか条件とか、具体的なプランとかじゃない？」

理枝は驚愕《きょうがく》の表情を浮かべた。

「いやだ、まさかもうあたしを追い出そうっていうの？　きのう帰ったばかりなのに？　ちゃんと車も買ってきたのに？」

「そうじゃないわ、そうじゃなくて」

民子は慌てて否定する。友人の、傷ついたような表情には耐えられない。

「そうじゃなくて、なに?」

「ちょっと言ってみただけ。生産的な話の例として、思いついたことを言ってみただけよ」

ほんとうに? と訊かれ、ほんとうに、と請け合う。

「じゃあいいけど」

理枝は言い、

「あたしはね、歓迎されない場所に居坐《いすわ》るような女じゃないのよ? そんな、空気の読めない女じゃないんだから」

と続けた。

「わかってる。悪かったわ。そんなつもりで言ったんじゃないのよ」

民子がしどろもどろに謝ると、理枝はふいに機嫌を直し(あるいは単に気分が変り)、

「そうだ」

と言った。

「これを見せたかったんだった」

と。弾《はじ》かれたように立ちあがり、光沢のある紙でできたパンフレットを民子の仕事机にひろげる。

「この色、すごくあたしっぽいと思わない?」

うしろから、顔と顔が触れんばかりに接近されたので、民子はなんだかどぎまぎした。理枝の

使っている石鹸《せっけん》だか化粧水だかの、すずらんに似た匂いがする。

「一見ツードアに見えるけれどファイブドアで、後部座席のドアハンドルは隠れてるだけなの。ラゲッジスペースも広くて、うしろのシートを倒せばフラットになるから、大きなスーツケースも積めるわ」

「スーツケースって、またどこかに行くの?」

「そりゃ行くわよ、いつだって、どこかに」

運転のできない民子は車に興味がないが、理枝にうしろから覆いかぶさられながら、車の写真を眺める。外観や内装や、ハンドルや計器類や。

「きれいな車だと思うわ」

民子が感想を述べると、

「そりゃそうよ、あたしが選んだんだから」

とこたえて理枝は胸を張った。そのあとも車の話が果てしなく続き(「前の席のシートヒーターは標準装備なの」とか、「キャンバストップも選べたんだけど、それはまあ、なくてもいいかなと思って」とか、「学生時代にあたしが乗ってた車を憶えてる?」とか、「マナーの悪いドライバーって、絶対に私生活が不幸なのよ」とか)、ワインが一壜あいたところで理枝は寝室にひきあげ、きょうはあなたがリビングに寝て、と言うつもりだった民子は、それを言いそびれてしまった。

2

普段と勝手が違うにしても、来客があると家のなかに活気が生れ、にぎやかになるから嬉《うれ》しい。朝の台所でコロッケを揚げながら（コロッケパンをつくろうと、ふいに思いついたのだ）、諏訪《すわ》薫はそう思う。泊り客なんて、大昔に夫が連れてきた大学の同僚か、学生たち以来だ。あれはあれで当時の薫には目新しく（酔っ払った若い人たちが雑魚寝をしている光景など、異様すぎて忘れられない）、たのしかった気もするが、学生たちは親御さんからのあずかりものであり、夫の妻として、きちんと面倒を見たいと思えばやはり気を遣った。いまはもう、そういう〝立場〟みたいなものから解放されている。もてなし役は、すくなくともその責任を負う者という意味において、娘の民子に譲ったからだ。その民子はすぐそこのリビングで、窓からなだれ込む日ざしにも揚げ物の音にもめげず、頑《かたく》なに寝ている（あるいは寝たふりをしている）にしても。

泊り客である清家理枝を、薫は昔から気に入っている。利発だし、性格も物言いもまっすぐで気持ちがいい。何を考えているのかわからないところのある民子と違って話しやすいし、中年女性になったいまでも、薫には学生時代の面影が見て取れ、なんだかかわいらしく思える。

その理枝はいま、やわらかそうなスウェットパンツに包まれた片膝を立てて抱く恰好《かっこう》で食卓の椅子に坐り（もちろん行儀のいい姿勢とは言えないし、民子には絶対にさせないが、理枝はよその家のお嬢さん——元お嬢さんというべきであるにせよ——なのだからどうすることもできないし、それに、こんな恰好も不思議とこの子には似合ってしまうのだ）、自分にとってのコーヒーの必要性について、両手で大事そうに持ったカップからそれをのみながら、説明してくれている。自宅ではあまりのまないのに、自宅以外の場所ではコーヒーがないといられないのだそうで、職場でも旅先のホテルでも旅館でも、と列挙する。空港でも列車でも映画館でも、ビーチ・リゾートでも山小屋でもネイルサロンでも——。

「山小屋でのむコーヒーというのはおいしそうね」

薫が言うと、

「はい、とてもおいしいです」

という素直なこたえが返った。いい色に揚がったコロッケを油からひきあげ、トーストしたパンにすきまなくバターをのせる。コロッケパンといっても薫のつくるそれはサンドイッチだ。刻んだきゃべつとコロッケにウスターソースをかけて二枚のトーストではさむ。耳を落として半分に切り、皿にのせてさしだすと、理枝は歓声をあげた。

「揚げたてなんて贅沢《ぜいたく》だわあ」

うっとりと言い、

「いただきまーす」

と元気よく宣言するや否やたべ始める。食の細い民子とは対照的なそのたべっぷりに、薫はついつい見惚《みと》れてしまう。

たべっぷりだけではなく、薫の目に、娘とこの友人は何もかも対照的であるように映る。大学卒業後の歩みがそれを物語っていて、理枝がまず海外（カナダだったかオーストラリアだったか忘れてしまったが、彼女がその後ながく暮すことになったイギリスとは別な国だったことは確かだ）に留学し、そのまま現地で就職して複数回転職し、カナダだかオーストラリアだか（それともニュージーランドだっただろうか）と日本、そしてイギリスを股《また》に掛けて働きながら、結婚と離婚（のようなもの）も、薫が知っているだけで二度ずつ経験している（一度目の夫だった日本人男性とは薫も会ったことがある。背が低くて小太りの、社交的で気のいい男の子だった。二度目の夫はイギリス人で、ながく生活を共にしたそうだが、正式な結婚だったのかどうかはよくわからない）のに対し、娘の民子は一度も就職したことがなく、一度も実家をでたことがなく、一度も結婚したことがない。ライターと呼ばれたり小説家と呼ばれたり、エッセイストと呼ばれたり書評家と呼ばれたり、要は正体不明の物書きとして何とか生計を立てているものの、自分の人生の地味さというか、変化の乏しさについて、民子自身がどう感じているのか想像すると、薫の胸はすこし痛む。

民子と理枝は外見も対照的だった。民子が小柄で平板な身体《からだ》つきなのに対し、理枝は背が高く、曲線の多い身体つきをしている。

「出席名簿の順番がならびだったからなのよね、理枝ちゃんと民子が親しくなったきっかけって」

薫が言うと、遠いことをいきなり持ちだされたせいか理枝は一瞬不思議そうな顔をしたが、すぐにぱっと——この子の昔からの得意技だと薫の思っている、まさに花がひらくように劇的効果を生むやり方で——笑みを浮かべ、

「そうなんです。それがすべての始まり」

とこたえた。

「早希ちゃんも」

「そう、早希も。旧姓が瀬納《せのう》で、諏訪、清家、瀬納の三人娘誕生」

その話は以前にも聞いて知っていたが、わからないものだと薫は思う。ながきにわたる人間関係が、そんな偶然に左右されるなんて。

洗いものは任せてほしいと理枝が言い、薫はその申し出に甘えることにする。きょうは午前中にプールに行く予定なのでありがたかった。

「コロッケ、民子が起きたら自分でサンドイッチにしてたべるように言ってね」

はーい、とあかるい声で返事をし、理枝は流しの前に立つ。その大きさというか存在感（あるいはスウェットパンツに覆われた尻の肉感的さ加減）に、薫はすこしだけたじろぐ。狭い台所に二人の人間が立つというのは、この家では滅多にないことだ。息子しか持たなかった母親が、息子のお嫁さんと台所に立ったときの気持ちはこんなふうなのかもしれないと想像し、娘を持つ母親である薫は苦笑した。

去年から始めたプール通いは、自分でも思いがけないことだった（そしてそれはとてもたのし

い)。老人がいきなりそんなことをしたら危険だと民子には反対されたが、陸斗《りくと》くんが説得してくれたのだ。水のなかを歩くだけでもいい運動になるし、危険がないように僕か同僚がつねに見張っていますから、と言って。

スポーツクラブにはバスに乗っていくのだが、バスに乗ること自体もたのしい(あらかじめスマートフォンで時刻表を確認し、ちょうどいい頃合いを見計らって家をでる、ということができるようになったのも誇らしい)。クラブに着いたあと、ロッカールームでもたもたせずに済むように、薫はいつも、服の下に水着を着てでかける(だから、帰りに身につけるための下着を忘れずに持って行くことが肝心)。タオルは向うにたくさん用意されているので、あとは帽子とゴーグルと財布さえあればよく、身軽なものだった。もしもいま夫が生きていて、妻がプールに通っていることを知ったらどう思うだろう。二階の自室で水着に着替え、自分の身体を見おろして(それにしても、太腿のなんたる貧弱さ!)薫は考える。驚くことは間違いないが、驚いたあと、怒るだろうか、笑うだろうか、呆《あき》れるだろうか。想像のなかの夫は、けれどそのどれもせず、なんだか困ったような顔をしている(薫にはその表情が見えるようだった)。言いたいことがあるのに言わないことを選ぶとき、あの人はよくそんな顔をした。自分の妻が海辺の街で生れ育ち、娘時分にはそこそこの泳ぎ手だったということを、彼が憶えていてくれたらいいのだけれど——。

薫は思い、水着の上に服を着て、スポーツクラブ専用にしている緑色のトートバッグに、必要なものがすべて入っていることを確かめた。

子供のころ、墓地で両親がよその家の名前の入った手桶《ておけ》を使うたびに、理枝はハラハラしたものだった。いまにも正当な持ち主が現れて、「それはうちの桶です」と不機嫌もあらわに言うのではないかと恐れ、けれど探しても水場には清家と書かれた桶はなかったから（黒々とした墨文字で桶に入れられた名前は、何々家、とどれも家つきで表記されていて、うちの場合は清家家になるんだろうかと訝《いぶか》ったことも憶えている）、せめて無地の（というのはつまり、誰の名前も書かれていない）桶を使ってほしいと思ったものだった。

あれはお寺に寄付をした檀家の名前であって、特定の桶の所有者という意味ではなく、だからどれを使ってもいいのだということを、いまの理枝は知っている。が、癖というか条件反射というか意地というか、自分でもよくわからない理由によって、理枝は必ず無地のものを選ぶ。それが古すぎて木の黒ずんだものであろうと、逆に安っぽいプラスティック製のものであろうと。

きょうはプラスティック製だった。その桶の、六分目ほどまで水を入れる。水道のそばにカエルの形をした大きな石が置いてあり、これまでその石をとくにどうとも思っていなかったのだが、眺めているうちに、ひたひたと帰国した実感が湧いた。イエス、と理枝は思う。イエス、あたしは帰国したのだ。チェルシーのアパートも、最近日本人の肉切り係がいて気に入っていたスーパーマーケットも、川ぞいの散歩道も過去だ。ミラーガラスでできたビルにツーフロアを占めていたオフィスも、しょっちゅうくりだしたパブも。かなり好きだった人たちも、心から嫌悪した人たちも。さようなら、あたしの家、さようなら、古い生活（チェホフを引用するというよりも、チェホフの芝居にでている女優になったつもりで、理枝は胸の内で言う）、ようこそ新しい生活！

墓参りはひさしぶりだった。帰国のたびに必ず一度は来ていたが（生きている人間を怒らせることはすこしも恐《こわ》くないが、死んだ人たちを怒らせるのは恐い）、四年前に母親が亡くなって以来、それまでほど頻繁に帰国しなくなっていたからで、弟の樹《いつき》もその妻も、たぶんそのせいで理枝が向うに永住するものと決めてかかっていたのだろう。イギリスを引き払うという連絡の電話をかけたとき、弟はほとんどうろたえていたと理枝は思う。

大ぶりのショルダーバッグ（理枝はつねに荷物が多い。十年近くいっしょに暮した男には、「きみの鞄《かばん》のなかは宇宙だね」と――はじめのうちはいとおしそうに、やがて皮肉っぽく叱責するように――言われていたほどだ）に加え、片手に花、片手に水の入った桶を持ってよろよろと理枝は歩く。他に人の姿はなく、頭上には青空がひろがっている。

墓石に水をかけ、花と線香を手向けて手を合せる。それだけのことなのに、行うと気持ちが清々した。駅までの道も帰りの方が足どりが軽く、きっとご先祖さまが喜んでくれているからだろうと理枝は想像する。本日二つ目の予定は歯医者で（墓参り同様、帰国のたびに検診とクリーニングを受けることにしている）、そのあとどこかで夕食を済ませて帰るつもりだ。行きたい店はいろいろあって、手帖《てちょう》にリストアップしてある。が、一人でたべるのも味気ないので朔《さく》を誘おうと理枝は決め、ショルダーバッグ（別名宇宙）に幾つもある内ポケットのどれかから、携帯電話を探しだす。

編集者との打合せを兼ねた夕食を終えて民子が帰宅すると、母親と理枝が台所で談笑していた。二人ともすでに風呂に入ったあとらしくパジャマ姿で、客と女主人というより実の母娘《おやこ》みたいに見える。母親の小言（「理枝ちゃんはきょう、お墓参りに行ったんですってよ。感心じゃないの。あなたはそういうことをちっともしないけど」）と理枝の愚痴（「夕食をごちそうしてあげるって言ったのに朔にふられたの。帰国三日目にしていっしょに食事をしてくれる人が誰もいないなんて、あたしは孤独だわ」）を受けとめながら、テーブルの上のワインの銘柄を、民子はついチェックする。高価なものを買ってあるわけではないのでどれをのんでくれてもいいのだが、補充の都合があり、このぶんでは遠からず在庫が底をつきそうだった。

「待ってるから、民子も早くお風呂に入ってきたら？」

理枝が言い、民子は従った。風呂場は半地下にあるのだが、家という建物はおもしろいなと民子は思う。入浴中も理枝の存在を感じていたからで、それはまるで、姿が見えず、声が聞こえなくても〝もう一人いる〟ことを、家屋が教えてくれているかのようだった。

清家さんというのは黙っていてもにぎやかなひとだね。学生時代、理枝をそう評した教授がいたことを民子は思いだす。生方《うぶかた》という名前の初老の男性で、彼はまた、理枝と民子と早希を最初に〝三人娘〟と呼んだ教授でもあった。生方先生は、早希と民子の所属していた読書サークル（〝ウォーターシップダウン〟というサークル名だったが、なぜなのか、いつ誰がつけた名前なのか民子は知らない。リチャード・アダムスの書いたあの小説をサークル活動で読んだおぼえはなく、それを誰も不思議に思わなかったことがいまとなっては不思議だが、ともかくあのころの

〝ウォーターシップダウン〟は、銘々が好きな本を持ち寄り、原書で読んで感想を言い合うというだけの、地味で緩い活動を好む人々の集りだった）の顧問で、理枝は正規のメンバーではないにもかかわらず、ときどきそこに飛び入り参加していた。みんなの読んでいる本を読みもせずにやってきて、あれこれ質問したり意見を述べたりする理枝を疎んじる人もいたに違いないのだが、本人はどこ吹く風で、理枝のそういう大胆さを、民子はひそかに尊敬していた。当時の民子は認めなかったかもしれないが、いまの民子にはそれがわかる。

三人娘。その呼称を思いだすと気恥しさを覚え、嘘《うそ》をついていたような気さえするが、当時、確かに自分たちは若い娘たちだったのだ。

風呂からあがって台所に行くと、母親はすでに寝室にひきあげていて、リビングで理枝がテレビを観《み》ていた。窓が大きくあけられており、三月によくある風の強い夜で、つめたい空気が流れ込んでくる。

「寒くないの？」

尋ねると、

「ない」

という短いこたえが返った。民子は冷蔵庫から水をとりだしてのむ。最近、夜中に足が攣《つ》るようになり、かかりつけの医者に相談したところ、水をのむように言われたからだ。「朝起きたときと夜寝る前、お酒をのむならばのんでいるあいだずっと、それ以外にも一日中こまめに」というのが医者の言葉で、そんなに水をのんだら水以外のものをのむ余裕がなくなる、と民子は思っておののいたのだが、とりあえず風呂あがりにだけはのむことにしている。

「ほら、早くこっちに来てよ」

テレビを消して、理枝が言う。

「まだ今日だし、夜はながいんだから」

そう続け、自分が坐っているソファの隣をぽんぽん叩《たた》いて催促する。

「今日のうちに寝るっていう発想はないわけ？」

民子は言ったが、それは「いま行く」という意味だったし、それをわかっている理枝は「ない」という短い返事さえ省いて、新しいグラスにワインを注いだ。そして、朔を夕食に誘ったのに断られた、という話を再び始める。あんなにあたしに懐いてたのにとか、上等なステーキ屋に連れて行こうと思ったのにとか。

「でも、きょう誘ったんでしょう？」

理枝の話をひととおり聞き、民子は口をひらく。

「きょうのきょうっていうのは難しいんじゃない？　誰にだって予定ってものがあるんだから」

「だけどあの子は高校生なのよ？　高校生っていうのは普通、夕食の予定なんて入ってないものでしょう？」

理枝は気色ばんだ。

「最初、電話にでたときはすごくうれしそうにしてくれたのよ？『わお、理枝ちゃん』って言って。向うにいるときも週に一度は話してたし、民子は最近の朔に会ってないからわからないと思うけど、あの子はね、あの年頃の男の子には珍しく素直で、何でもあたしに話してくれるの。好きな女の子のこととかもよ？　あたしの帰国日だって知ってたのに――」

　言葉を切り、理枝は悲しそうな顔をする。

「まあ、ねえ」

　朔というのが理枝の甥《おい》で、理枝が彼を昔からかわいがっていることは民子も知っていた。海外を体験させるという名目で、イギリスに招いたりもしていた。理枝といっしょに民子の家に来たこともあり、確かに理枝に懐いているようだったが、それはもう四、五年前だ。とてもかわいらしい顔立ちの男の子で、よく女の子に間違えられる、と本人が不服そうに言っていたことを憶えている。

「でも、理枝はまだ弟さんと会ってないわけでしょう？」

　民子は思いださせた。

「弟さんに会いに行けば、朔くんとも会えるんじゃないの？」

　予想できたことではあるのだが、

「いやよ、そんなの」

　と理枝はにべもなくこたえ、

「会いたくないのに、どうして会いに行かなきゃいけないの？」

　と訊き返してグラスのワインをがぶりとのんだ。あからさまにふくれっつらをしている。理枝とその弟のあいだに何があったのか民子は知らない。興味がないわけではなかったが、穿鑿《せんさく》するのも気がひけた（こういうとき、民子はいつもわからなくなる。訊いた方がいいのだろうか。訊いてくれないなんてつめたい、と理枝ならば言いそうだ。が、話したくないことというのも人にはあるし、しかもそれは年齢と共に増える）。

「窓、閉めるわよ」

民子が言うと、理枝はいきなり、

「ねえ、なんでジョンちゃん？」

と質問に転じた。

「そうだった、それを訊こうと思ってたんだった」

とうれしそうに。

うろたえる必要などないのに、民子は内心うろたえる。

「何？　どうして？」

理枝は「薫さんの若いお友達」に会ったのだとこたえた。「朔にふられたから外食はやめて、夕方ここに帰ってきたら若い男の子がいた」のだと。彼が母親に「ジョンちゃんは遅いの？」とか「じゃあジョンちゃんによろしく」とか言うのを聞いて、民子のことだろうとは思ったものの、「二人の会話のじゃまをしちゃ悪いと思って質問は控えたの」だと説明する。

「質問を控えた？　理枝が？」

民子はつい驚いた声をだす。質問を控えるなんて、民子の知っている理枝にはおよそありそうもないことに思えたが、

「あたしだって成長するのよ」

と理枝は言い、

「感じのいい子ね、薫さんのお友達」

と感想を添えてから、

「で、なんでジョンちゃん？」

と、もう一度訊いた。

3

伯母から電話がかかったとき、清家朔は公園にいた。期末試験前なので学校は午前中で終り、けれどあまりにもいい天気でまっすぐ帰るには惜しく、友達数人とファストフード店でフライドチキンをほおばったあと、公園でうだうだしているうちに、自然に、というかいつものように、自撮り大会になったのだった。加工に凝る方向もあるのだが、朔は基本的に無加工にこだわっている。アプリなしで、どこまで可憐《かれん》な写真が撮れるか――。が、アンドロイドっぽさを追求している轟《とどろき》が、例によってカラーコンタクトレンズを装着し、危険をかえりみずに橋から池の上空に頭を突きだして撮った写真――緑色の水面を背景に、轟の小ぶりな顔の白さが際立つオフィーリアっぽい一枚——がきょうの断トツ一位の秀作で、朔自身の撮った写真はどれも凡庸な出来だった。三十分くらいそんなことをしていただろうか。そろそろ帰ろうという雰囲気になったときに、電話がかかった。

父親の姉である伯母を、朔はイケてると思っている。年齢のわりに若々しいし、好きなことをして生きている感じが見ていてたのしい。それに、何よりも、周囲に迎合しないところが尊敬に値した。だから会いたかったし「上等なステーキ」にも無論心惹《ひ》かれたが、さすがに試験直前はまずいだろうし（あしたは朔が勝負を賭けている世界史と、朔の苦手な数学の試験が両方ある）、どういうわけか伯母を脅威と見做《みな》しているらしい母親の反応を想像するとわずらわしく、断る選択をしてしまった。伯母は驚いたようだった。「え？　来ないの？」信じられなさをまるまる滲《にじ》ませてそう言った。「あたしが帰ってきたのに？」と、自己中心的思考を隠しもせず。

それでいま、深夜の自室で朔は気が咎《とが》めている。夜食として母親が用意してくれたスムージーとクラッカーをたべながら、ウエストエンドで観たミュージカルのポスター（いちばん古いのは「スクールオブロック」で、いちばん新しいのは「マチルダ」、朔がいちばん気に入っているのは「ミーンガールズ」で、どれも伯母に連れて行ってもらった）に囲まれ、勝負を賭けている世界史の教科書にもノートにも集中できないまま。

小学生のときに二度と、去年一度、朔は伯母の住んでいたロンドンに行った。小学生のときの二度は両親も一緒だったが、去年は一人ででかけた。羽田で両親に見送られ、ヒースローで伯母に出迎えられ、帰りはその逆という過保護ぶりではあったにしても、一人旅には違いなく、伯母が仕事に行っているあいだは自由に街を見て歩けたし、一人で買物をしたり、偶然知り合った夫婦の家に招かれたり（そのときは伯母がついてきたが）し、三週間の滞在のすべてが新鮮だった。そのときには伯母はもう近い将来に会社を辞めて帰国することに決めていて、だからまたすぐに東京で会えるねと言い合って別れた。その後も電話で連絡をとりあっていたので、朔は伯母の帰国日も知っていた。というあれこれを考えあわせれば、朔はきょう、伯母をがっかりさせたに違いなかった（が、言い訳をすれば、まず家に遊びに来るのだろうと思っていた。両親をすっとばして自分だけが誘われるというのは想定外だった）。

電話をすればいいのだ、と思いついたのは日付が変るすこし前で、普通なら電話にふさわしい時間ではなかったが、伯母は普通ではない人なので、かけてみることに朔は決める。それはいい考えに思えた。電話をして、ひさしぶりに帰国した感想とか、民子さんの家（当面そこに泊る予定だと言っていたから）の居心地はどうかとかを訊いて、きょうは会えなくて残念だったと伝え、今度ぜひステーキを（まあ、ステーキでなくてもいいけれど）奢《おご》ってほしいと伝えればいい。

いま考えると自分でも信じ難いことなのだが、中学校に入学してすぐの自己紹介の時間に、民子はクラス全員の前で、「諏訪民子です。ジョンと呼んでください」と言ったのだった。民子より前に自己紹介をした人たちが、自分の名前に「ちゃん」とか「りん」とかをつけて、何ちゃんと呼んでくださいとか、何りんと呼んでくださいとか言ったことに違和感を覚え、そういうのではない呼称にしたいと思ったのだが、よりによってなぜ男の子の名前にしたのかわからない。その場の思いつきだった。が、ニックネームというのはつけられがちな子供とそうではない子供がいるわけで、民子はあきらかにそうではない方の子供だった。だから入学してすぐのその唐突な発言はあっさり黙殺され、民子は中学と高校の六年間を通じて（というのもそこは中高一貫教育の学校だったので）、ほとんどの人から諏訪さんと呼ばれ、一部の親しい友達からは、民子とか民ちゃんと呼ばれた。小学校でも大学でもそうだったし、その後も、いまに至るまでずっとそうであるように。

ただし一人だけ例外がいて、それが猪熊里美《いのくまさとみ》だった。彼女は自己紹介での民子の発言を憶えていて、律儀に（そして勇敢にも）そう呼び続けてくれた。ジョンではなく、ジョンちゃん、とちゃんをつけてだったけれども。

当時、民子と彼女はとくに親しいわけではなかった。いっしょにお昼をたべたり放課後に寄り道をしたり、互いの家を訪ね合ったりする仲間が別だったし、途中からはクラスさえ別になった。それでも廊下ですれ違ったり、学校全体のイヴェントで顔を合せたりするたびに、「ジョンちゃん、ひさしぶり」とか、「またね、ジョンちゃん」とか、必ずその呼称を口にした。

民子が里美と親しくなったのは、ずっとのちのことだ。書くことを仕事にして何年も経《た》ち、民子が『衣服で読み解く大正時代』という本をだしたとき、出版社経由で手紙をくれたのだ（里美の生家が老舗の呉服屋だということを、民子はその手紙で初めて知った）。差出人である里美の名字は猪熊から河野《こうの》に変っていたが、手紙はもちろんこう始まっていた。「おひさしぶりです、ジョンちゃん」

あのときの驚きは忘れられない。ジョンという意味不明な呼称も、そう呼んでほしいとかつて自分が発言したことも、民子はすっかり忘れていたからだ。そして、そこから交流が始まった。里美は薬剤師になっていた。皮膚科医の夫と結婚し、小さい娘が一人いた。家が近いことも判明し、招いたり招かれたり、必要があれば民子が娘をあずかったりもして、中高生時代には想像もしていなかったほど、互いに相手の人生を知ることになった。里美はあっさりした性格で、およそ物事に拘泥するということがなかった。けらけらとよく笑い、ぶつぶつとよく毒を吐いた。が、結局のところ彼女にとって、たいていのことは「どちらでもいい」し、「なるようになる」のであって、「あやまちもやむなし」、「人間万事塞翁《さいおう》が馬」、達観しているのか投げやりなのかわからない調子で、そういう言葉をぽんぽんと口にした。

その里美が膵臓《すいぞう》の癌《がん》であっけなく逝ってしまったとき、民子は喪失感の大きさに、自分でも思いがけないほど打ちのめされた。父親を始め、それまでにも近しい人の死は幾つか経験していたが、そのどれとも違う理不尽さを彼女の死には感じたたし、彼女がもういないのだということが、なかなか信じられなかった（いまも信じきれない）。これで自分をジョンちゃんと呼ぶ人はこの世に一人もいなくなったし、ジョンちゃんだった自分も永遠にいなくなったと民子は思ったのだったが、あにはからんや、そうではなかった。里美の夫や、里美の娘——いまでは立派に成人しているが、かつて民子がときどき臨時のベビーシッターを務めた、小さかった娘——のまどかにとって、民子はジョンちゃん以外の何者でもなく、まどかのボーイフレンドである陸斗も、だから当然のようにそう呼ぶわけで、大昔の思いつきで発生したジョンちゃんという存在は、里美がいなくなっても生きながらえてしまった。

「なるほどねえ」

民子が話し終えると理枝は言い、

「人ってほんとうに死ぬのよね」

と続けた。その通りだと民子も思う。人は死ぬのだ。若いころには理屈として認識しているに過ぎなかったその事実が、最近ではある種の実感を伴って、ほとんどいきいきと（と言いたいくらいリアルに）意識できてしまう。

「うちの会社の後輩もね」

理枝がさらに何か言いかけたとき、テーブルの上のスマートフォンが振動した。

「あ、朔だ」

画面を見てうれしそうな声をだしたのに、理枝は振動する電話を眺めているだけで、手に取ろうとしない。

「でないの？」

民子が訊くと、

「でない」

と即答した。

「どうして？」

「だって、朔とはいつもフェイスタイムで話すんだけど、いまはノーメイクだから」

民子には想像もつかなかった理由だ。

「じゃあ、普通の電話で話せばいいじゃないの」

そう言ってみたのだが、

「だめ。朔と話すときは顔も見たいの」

と理枝はこたえ、くっきりと大きな――ほとんど、恋人についてのろけるときの女のような――笑みを浮かべる。


アルツハイマーが進み、息子を認識できたりできなかったりする義母のいるこの施設に、夫はなかなか来たがらない。外からはわからないにしてもおむつをつけて、食事中に口元を拭うことを思いつかない母親を見るのがつらいという気持ちはわかるので、早希はあまり無理強いしないようにしているが、それでも誰かは会いに来なくてはならず、それは必定、早希ということになる。症状がもっと軽かったころには夫もいっしょに来ていたし、いまでも、正月とか義母の誕生日とか、特別なときには家族全員で義母を囲むことにしているが、正直なところ、早希としてはこうして一人で見舞う方が気が楽だった。そばで身を固くし、無言のまま感情を波立たせてしまう夫の心配をせずに済むし、所在なげに部屋を出たり入ったりし、携帯電話をいじってばかりいる息子を叱る必要もないからで、日によって調子の違う義母との会話に集中できる。会話と呼べるものにならないときもあるにしても。

義母のいる二人部屋は建物の裏側の四階にあり、窓から敷地内の木立が見える。天気のいい日には車椅子を押して散歩をすることができるのだが、きょうは生憎《あいにく》小雨がぱらついている。

「春の雨ですね」

早希は言ってみる。

「空気がもうやわらかいの、わかります？」

義母は反応しないが、珍しいものでも見るように、早希の顔に視線を据えている。会うたびに、この人の肌は白くなっていくようだと早希は思う。以前と変らず大柄だが、声だけが随分小さくなってしまい、何か言われても聞き取りにくいのだけれど、ときどきいきなりはっきりした声で、意表をつくことを言う（いつだったか、「あなたは結婚してるの？」と訊かれた早希が「しています」とこたえると、「私もそろそろしたいと思ってるの」と大真面目に宣言したし、またべつなときには早希を見て、「あなた、かわいそうね、おっぱいがそんなに小さくて」と言い、そばにいた夫は聞くに堪えないという顔をしていたが、早希は笑ってしまった）。幸い食欲は以前と変らずにあって、果物でもお菓子でもサンドイッチでも、持ってくればたべてくれる（きょうは豆大福をたべた）。

「ハンカチねずみ、作りますか？」

義母が無口なので、早希はそう言って、鞄からハンカチをとりだした。手指を動かした方がいいと以前医者に言われ、折り紙を試したのだが興味を示さず、編みものをする根気など疾《と》うに失われているし、どうしたものかと思っていたところ、ハンカチねずみなら作れることがわかったのだ。いまでは、ハンカチを渡すと条件反射のように作り始める（ので、早希は大判のハンカチを何枚も、いつも鞄に入れてくる）。あとはあやとりをとる（とらせる）か、心細い小声でいっしょに歌を歌うか。歌うのは決って唱歌で、小声なのは同室の人――浜本《はまもと》さんという名前の小柄な老女――への遠慮もあるが、早希の場合、歌詞がうろ覚えだからでもあり、義母が歌詞をよく覚えていることに、いつも驚かされる。

そんなふうにして一時間余りも過ごすと、義母の集中力は切れてしまう。「また来ますね」と言っても無言で見送られることも多いが、「どうもありがとうね」と、妙に低姿勢に言われることもある（そして、後者だと早希は気が咎める）。きょうは前者だった。

おもてにでると、依然として雨が降っていたが、新鮮な空気を早希は吸い込む。建物をでられて、外の世界に戻れてうれしいと思う。

バスと電車を乗り継ぎ、最寄り駅からはタクシーを使って（雨が降っていたし、駅ビルのなかのスーパーマーケットで買い込んだ食材が重すぎもしたので）帰宅すると、家の前に見慣れない車が停《と》まっていたが、早希は深く考えなかった。

「ただいまー」

平日だが、有休を消化しなくてはいけないという早希にはよくわからない理由で家にいる夫に、聞こえるように声を張った。

「おかえりなさーい」

あかるい声と共に現れた理枝を見て、早希は二重に驚かされた。まず理枝がいまここにいることに、そして、瞬時に、暴力的なまでにこみあげた喜びに。

「な」

という音が口から漏《も》れたが、自分が何と言うつもりだったのかわからない。荷物を落とすように置くと、次の瞬間には歓声が二つ重なり、騒々しく抱擁し合っていた。早希は、自分が理枝に会ってこんなに胸を熱くするとは思ってもみなかった。外国住いの理枝とはなかなか会えなかったとはいえ、ラインというもののお陰で以前よりむしろ頻繁に連絡をとりあっており(ラインのグループ名は〝三人娘〟で、息子たちには絶対に知られたくないが)、会っているのとおなじようなものじゃないのと思っていた。

が、生身の友人の存在感というか物体感は、もちろん全然違うのだった。

「びっくりしたわ」

紅茶の入ったカップと共にリビングのソファに落着くと、早希は言った。

「まだ心臓がどきどきしてる」

気分が高揚し、ややもすると手が震えそうだった。

「連絡もなしにいきなり来るなんて思わないじゃない? しかも、あした会うっていう日に」

言葉を重ね、けれどそう口にした途端に思いだした。理枝は昔からよくこういうことをした。予定にない行動をとって、人を驚かせるのが好きだった。もっとも、早希の記憶では、当時の早希は逆の立場——突然訪ねて来られる側ではなく、約束していたのにすっぽかされる側——に立たされることの方が多く、腹を立てたり呆れたりしたものだったが、そのたびに理枝は、「時間通りに家をでたんだけど、どうしても飛行機が見たくなって、空港に行っちゃったの」とか、

「途中で声をかけられて、逃すには惜しい感じの相手だったから」とか、理由にならない理由をさも正当な言い分であるかのように主張した。

「車が届いたから」

というのがきょうの理由だった。

「足慣らしついでに来てみたの。いるかなーと思ったんだけどいなくて、でも室伏さんがいらして、もうすぐ帰るはずですっておっしゃったから、おじゃまして、いっしょにテレビを観ながら待ってたの。大相撲中継なんて百年ぶりに観たわ」

というのが。

「お義母《かあ》さまはどんなふうだった?」

尋ねられ、早希は理枝にというより夫に報告するつもりで、

「元気だったわ。きょうはあまり話してくれなかったけど、豆大福を二つたべた」

とこたえる。よかった、と理枝は言い、ははは、と、夫は笑い声に似たものを発した。ガラス戸の外で、早希の自慢の庭が雨に濡《ぬ》れそぼっている。

「いま室伏さんにも話してたんだけど」

と前置きして、理枝は帰国前後の日々について話し始める。引越がいかに大変だったかや、事実婚の相手だった男性が「見送りにも来なかった」ことに始まり、帰国してから一週間あまりの日々について――民子と薫さんによくしてもらっていて、やはり持つべきものは女友達だと思うことや、日本のレストランのクオリティの高さは世界に誇れるということ(「一人で行ってもつ

まらないから民子につきあってもらってるんだけど、それは全部、もちろん私の奢りよ」）、行きつけの歯医者の女医さんが四年前も妊娠していたのに、今回行ったらまた妊娠していたので驚いたことまで――次々語り、そうだった、と早希は友人の顔を見ながら、話の内容とは関係のないことを思いだしてしまう。

そうだった、この人はイギリスにいるあいだに、化粧が濃くなったのだった。外国でながく暮した年配の女性に多く見られると早希が思う通りの、アイラインを過剰にくっきり引いたそれは化粧で、前回会ったときもその前に会ったときも（さらに言えばラインを通して送られてくるどの写真でも）そうだったはずなのに、何度見ても早希はそのことを忘れてしまうのだ。会わずにいると記憶がたちまち初期化され、二十代とか三十代のころの理枝の顔を、現在の彼女の顔の上に見てしまう。でも昔の理枝を知らない人たちの目に、その顔は見えない。そういう人たちが見るのは化粧のきつい、たぶんかなり気の強そうな、めんどくさそうでもある女の顔だ。そう思うと俄《にわか》に切なくなる。

「でもあなた、あいかわらずきちんと暮してるのね。どこにも塵《ちり》一つないじゃないの、感心しちゃうわ」

自分のことばかり話しすぎたと思ったのか理枝は突然そう言った。

夕食をいっしょにと誘ったが、車なのでお酒をのめないから、と言って理枝は（喋るだけ喋って）帰って行った。

夫婦で家の前の道に立ち、きらきらしく白い新車で走り去る友人を見送って、

「あの人、家なき子になっちゃったのよ」

と早希が呟《つぶや》いたのは、なんだか気の毒に思えたからだ。夫もなく子供もなく、おまけにこの年齢で居候の身だなんて、どんなに心細いだろう。

「あいかわらずパワフルだね」

傘を手に、隣にぼんやり立っている夫はそう呟き返した。

4

二度寝をして再び目をさました民子は、リビング中に日が差していることに気づく。明け方に目をさましたときにはまだ雨が降っていたし、すこし前には母親と理枝の話す声が聞こえていたが、いま、部屋のなかはあかるく、台所も含めて静まり返っている。

自分のベッドで寝ることを、民子はすこし前から諦めていた。自室の他に、民子には仕事部屋があり、最低限のプライヴァシーは確保されているからで、理枝のいるあいだは、それでよしとするよりない。その仕事部屋で、民子はゆうべも遅くまで仕事をした。いま書いているのは熱帯の島を舞台にしたSF恋愛小説で、恋愛小説などいまどき誰も読まないだろうというのが民子と担当編集者の共通した意見なのだが、それでもともかく書いているのだった。

のろのろと起きだし、壁の鳩時計を見ると十時二十五分だった。

きのう、理枝は雨にも負けずに外出し、帰ってくるなり勢い込んで、

「あの夫、かなりボンクラよ」

と言った。

「自分の母親なのに、お見舞も妻任せなんて呆れるじゃない？　あたし、もう早希が気の毒で」

早希の夫の母親が、数年前からケア体制の充実した施設に入居していることは、民子も知っていた。

「早希、あの人のどこがよくていっしょにいるのかしら。全然喋れないのよ？　二人で早希を待ってたときだってね、あたしが話しかけてもテレビばっかり観てて、ちゃんと相手の目を見て話すっていうことができないの」

早希の夫である室伏さんには、民子も一度ならず会っている。が、穏やかそうな、無害そうな男の人だという印象しかなく、どんな性格の、どんな魅力の（あるいは欠点の）持ち主なのか、考えたことがなかった。理枝の最初の夫についてもそうで、当時、理枝と夫が互いに夢中であるように見えたことと、小柄でよく喋る人だったこととしか憶えていない。親友の夫たちに関する自分の興味の薄さを、民子は不思議だと思った。彼らをよく知らないだけではなく、あまり知りたくない気がしているからで、それが遠慮なのか、親友たちを変えてしまった（あるいはすくなくとも不自由にした）相手への拒否反応なのかわからない。三人が現役の三人娘だったころには、それぞれの恋人がどんな男性なのか、興味津々だったはずなのだが——。

天気がいいので布団を干すことにして、民子はよろけながら客用布団を二階に運んだ。ベランダというものが二階にしかないからだ。その二階もしんとしており、母親も理枝もでかけているのはあきらかだった。着替えのために自室に入ると、部屋は理枝の香水の匂いがした。ひらいたままの形で床に置かれたスーツケースや、ハンガーに掛けてあちこちに吊《つる》された服、ベッド脇の小卓にならべられた化粧品や、額入りの写真（一つは理枝が白人女性二人と肩を組んでいるもので、何かのパーティであるらしく、三人ともきらびやかな服を着て、紙の帽子をかぶっている。もう一つは雄大な雪景色のなかに、スキーウェア姿の理枝が一人で写っているもの）――。民子はつい、それらを仔細《しさい》に観察してしまう。もともと自分の部屋だということが、心理的免罪符のような役割を果していた。壁にはアンティークだという大きな鏡がたてかけられ、ベッドの上にはラップトップとヘアドライヤーが置きっぱなしになっている。まるでティーンエイジャーの部屋だ。そう思って民子は可笑《おか》しくなる。

階下に戻ってコーヒーを淹《い》れた。新聞に目を通そうとしたとき電話が鳴った。かけてきたのは百地幹生で、即座に民子は長電話になることを覚悟する。交際していたころ――若かった民子が連絡を待ちわびていたころ――には滅多に電話を寄越《よこ》さず、たまに寄越しても用件だけ告げて、短く会話を切りあげてしまう男だった百地は、最近、民子が呆れるほどよく喋るのだ。

ゴールディだ。ふいに思い至り、理枝は胸のなかの霧が一気に晴れたように感じる。ゴールディだ。間違いない。ほら、見てよ、そっくり。誰かに言いたかったが、本人に言うわけにはいかないし、言ったところで理解してもらえないだろう。ゴールディを知らないのだから。

理枝はいま、山根《やまね》という男の運転する車の後部座席に乗っている。条件に合いそうだと山根の主張した物件を、三件見てきたところだ。一件は大森、一件は神泉、一件は東松原にあるマンションで、どれも全くピンと来なかったのだが、三日前に不動産屋ではじめて顔を合せて以来ずっと気になっていたこと――この人は誰かに似ている。誰かにそっくりだ。でも誰だろう――のこたえがいきなりわかったので、気分がすこしすっきりした。ゴールディは、ロンドンで近所に住んでいたマークという男性の飼い犬で、メスのブルテリアだ。のっぺりした顔に小さな目が半分埋もれているような白い犬で、マークは溺愛していたけれど、理枝にはどこがかわいいのかわからなかった。毛がおそろしく短いので、抱くと皮膚感が生々しかったことを憶えている。

山根という男性は、顔がその犬に似ているのだった。四十前後だろうか、最初は愛想がよかったのに、理枝が注文をつけるたびに露骨に不機嫌になっていくところが、度量のなさを感じさせた。「一人なら十分な広さですよね?」とか、「やっぱり家賃もそれなりになりますよね?」とか、疑問形を装って断定してくるところも不愉快だった。が、元の同僚に紹介してもらった不動産屋なので、理枝は(いまのところ)おとなしくしている。

事務所に戻り、車を降りた山根がバタンと荒々しくドアを閉めたときも、だから理枝は文句を言わなかった。なかに入ってだされたお茶をのみ、さらにいい物件を探してもらう約束をして、静かにそこを立ち去った。無論、確認の意味で、条件――低層マンションであること、セキュリティがしっかりしていること、周辺に緑があること、敷地内に駐車場が完備されていること、日あたりがいいこと、風がよく通ること、玄関が広いこと、風呂場に窓があること、天井が高いこと、壁を好きな色に塗り変えてもいいこと、台所に大きな冷蔵庫が置けること、ドアが合板ではないこと、照明がシックであること、部屋がちまちま分かれていないこと、けれど寝室は別にしたいので、ワンルームはNGであること、ロフトつきも（これからの自分にとって、梯子《はしご》というものは危険を伴うに違いないので）NGであること——を列挙してからだけれども。

民子は百地幹生と学生時代に知り合った。当時、百地は服飾系の専門学校に通っていたが、大学を卒業したあとでそこに入学したという変り種で、民子より四つ年上だった。昼休みに大学のそばにランチを売りに来るワゴン車があり、毎日学生や教師、近くの会社の勤め人たちで行列ができるのだったが、二人はそこで知り合った。何度も顔を合せるうちに短い会話を交すようになり、買ったランチ——数種類の弁当の他に、焼きそばやサンドイッチ、サラダやカレーまで、当時としては多彩な品揃《しなぞろ》えだった——をいっしょに（どちらかのキャンパスで）たべるようになり、授業のあとで待ち合せて映画を観たり、休みの日に横浜や鎌倉に遠出をしたり、そのころの学生カップルがしそうなことをひととおりした。民子のはじめてのキスも処女喪失も、相手は百地だった。が、民子自身は、周囲（というのは理枝や早希、他の女子大学生たちの恋愛模様だが）に較《くら》べると、自分たちの関係が淡白というか真似事《まねごと》の域をでていないような気がしていたし、事実、百地が大手の広告会社に就職し、民子が大学を卒業してしばらくすると、すこしずつ疎遠になった。ふったとかふられたとかすらなく、ただ疎遠になったのだ。もしかするとあのころの自分は百地からの連絡を待っていたのかもしれないが、それにしてもそう切実なことではなく、特段胸が痛むということもなかったと民子は思う。その後は年賀状や転居通知のやりとりしかなかったが、十年くらい前に突然電話がかかってきたのだ。「元気かなと思って」と言って。以来たまに会っている。互いに四十を幾つか越えての再会であり、百地には（去年まで）妻子もあったので、理枝がほのめかすような気配は微塵《みじん》もないのだが、なつかしさではなく新たに出会ったような新鮮さがあることはあって、民子はそれが気に入っている。

定年退職と同時に妻に去られたという百地は最近元気一杯で、家事労働がたのしくて仕方ないらしい。料理にも凝っていて、しきりにふるまいたがるし、長生きした場合の資金計画にのっとって、家計簿のようなものもつけていると言っていた。「自分の生活をすべて自分でマネジメントできることがうれしい」とかで、「いままでこういう家のなかのヨロコビを女に独占させていたのかと思うと悔しい」と言う（別れた妻が聞いたら、怒髪天を衝《つ》くだろうと民子は思う）。きょう、電話をかけてきた百地はハンドクリームについて自説を開陳した。家事労働は手が荒れる。それに、冬は空気が乾燥して、脚の皮膚も痒《かゆ》くなる。そこで百地は一冬をかけて、六種類のハンドクリームを試したそうだ。尿素配合とかビタミンE配合とか、はちみつ由来とかシアバターとか、熱心に、生真面目に語った。成分だけではなく匂いも大切で、それは人間の脳や細胞のシステムと関係していると言った。トピックがハンドクリームでも、百地が語ると理屈っぽいところが可笑しかった。

理枝の帰国を知らせると会いたがり、すぐにもやって来そうな勢いだった（百地もいまや無職で、時間があるのだ）。理枝とも早希とも百地は面識がある。昔、何度かグループで遊んだからだ。が、それから三十年以上の年月が過ぎている。じゃあ近いうちにみんなで、と言って電話を切ったものの、彼女たちが百地に会いたがるかどうかはわからなかった。

午後、帰宅した母親はデパートに行ってきたのだと言った。フライパンと菜っ葉切り包丁を新調しに行ったのだけれど、他にもへんなものを買っちゃった、と。

「へんなものって？」

民子が訊くと、

「ぴょんぴょん跳ねるクッション」

という返事で、

「このあいだたまたまテレビで観たの。骨が丈夫になるんですって。小さくて、場所も取らないから」

と言い訳のようにつけ加えたのだが、民子はつい気色ばんでしまう。

「待って待って。跳ねるクッションって何？　八十の人が使っても安全なものなの？　お店の人にちゃんと訊いた？　孫へのプレゼントとかじゃなく、自分で使うんだって言った？」

母親は一瞬だけ、叱られた子供のような顔をした。驚きと困惑、それに悲しみ（と、たぶん恨みがましさ）が混ざったような顔を。きつい言い方になってしまったことを、民子はたちまち後悔する。が、母親はあっというまに普段の顔をとり戻し、

「大丈夫よ。ちゃんとサンプルを使わせてもらって買ったから」

と言い、

「孫へのプレゼントって、うちに孫なんていないじゃないの」

と微妙に民子を攻撃した上で、

「あなたもすこしぴょんぴょんした方がいいわよ。そんなふうに机にかじりついてばかりいると、骨粗鬆症《こつそしょうしょう》になっちゃうんだから」

としめくくってにっこり笑った。老人にしてはぴんと伸びた背すじと、水泳を始めてすぐに短く切った、九割方白い髪で。


都心にでるのはひさしぶりだった。店のホームページから夫にプリントアウトしてもらった地図を見ながら歩いていても、道は入り組んでいてわかりにくい。だいたい、西麻布というのが曲者《くせもの》なのだ。そういう名前の駅はなく、早希は広尾から歩いた。店を決めたのは理枝だ。馴染《なじ》みの店のリストの他に、一度行ってみたい店のリストも持っているとかで、外国にいたのになぜ東京の新しい店の存在を知っているのか、早希には想像もつかない。

暗い路地からさらに奥まった一角に、小さな看板を見つけたときにはほっとした。店は建物の四階にあるらしい。きのう、いきなり理枝が現れたのには驚いたが、そのお陰で今夜は落着いた心持ちで来られた。歓声も抱擁も済ませたからで、あれがなければきっと自分はいまごろ緊張していただろうと早希は思う。

エレベーターから一歩でたとき、まず目に飛び込んできたのは緑だった。木々。地上四階の、こんなところに？　早希は目を瞠《みは》り、店に入ることも忘れて立ち尽してしまう。それが広々したウッドデッキにならんだ鉢植えだということは理解できるものの、あまりにも数が多く、多くの木が早希の背より高く、生気に満ちていて、観葉植物というには野放図で野生的で、まるで小さな森だった。それが、ガラス張りの店内からもれる灯りに妖しく照らしだされている。オリーブに似た一本の木から、早希は目が離せなくなる。葉はオリーブにそっくりなのに、幹がガジュマルみたいにねじれてからみ合っている。何という名前の木だろうか。その横はフィカスアルテシマ？　パキラやトックリランといった小ぶりなものもあるにはあるが、ツピダンサスとかシマトネリコのような、大型の木が断然多い。それにもちろん、名前のわからない木も——。夜気のなかで、どの木も静かに気持ちよさそうに息づいている。

「早希」

名を呼ばれ、ふり向くと理枝が立っていた。コートを着ていないところを見ると、店からでてきたのだろう。

「何してるの？　早く入ってきなさいよ。さっきエレベーターからおりるところが見えたからシャンパン頼んじゃったのに、全然入ってこないんだもの。飛びおりるんじゃないかと思って心配しちゃったわよ」

飛びおりる？　意味がわからなかったが、理枝に続いて店のなかに入る。店のなかはあたたかく、いかにもビストロらしい、活気のある料理の匂いがした。

テーブルにはすでに民子が坐っていた。民子の隣に理枝が腰をおろしたので、食器のセットされた三つ目の席——民子の向い——に早希は坐った。ガラス越しに木々が見える側だ。

「ひさしぶり」

民子が言った。こげ茶色のセーターの首元から、白いシャツの衿《えり》が見える。下半身はテーブルで隠れて見えないけれど、おそらくジーンズかコットンパンツだろう。着るものの趣味が学生時代から変らない女性も珍しいと早希は思うが、そのせいかどうか、民子に会うといつもほっとする。素早くやって来たウェイターが三つのグラスをシャンパンで満たし、三人は理枝の帰国と、再会に乾杯した。

たまにしか会わないのに——そして、会わずにいるあいだ、それぞれ全然べつな生活を送っているのに——、会うとたちまち昔の空気に戻るのは不思議なことだと早希は思う。三人が集ると、たいてい理枝がいちばん喋り、そのいちいちに民子が反応する。そして早希が（早希の考えでは）いちばん愉《たの》しんでしまう。どんな発言も理枝らしく民子らしいからで、それが早希をうれしくさせるのだ。きょうもそうで、早希は笑いっぱなしだった。理枝のくりだす不動産屋の物真似（「多少の妥協は必要ですよね？」とか「地獄の沙汰も金次第って言いますよね？」とか、その男は自分の言いたいことを疑問文にするらしい）に笑い、化粧品屋でのエピソード（理枝が化粧水を買うと、サンプルのファンデーションをくれたそうで、「若いかわいい店員の女の子がね、『ここぞというときにお使い下さい』って言ったの。あたしびっくりしちゃって、『ここぞというときっていつ？』って訊いちゃったわよ、思わず」）に笑い、民子の話した百地のハンドクリーム論（「あれこれ理屈をつけてたけど、結局好きな匂いのものがいいっていう話だった」）にも笑った。料理はどれもおいしく、理枝と民子が次々あけるワインを、早希は一啜りずつ味見した。

「でも、痛し痒しよねえ」

理枝がそう言ったのは、デザートをたべているときだった。

「昔の彼と友達になって、女同士みたいに喋れるのはちょっとうらやましいけど、そうなるともう、めくるめくようなことにならないじゃない？　緊張感がないっていうか」

早希は驚く。この人はまだ、男性とめくるめく気なのだろうか。

「やっとそういうふうにつきあえるようになって、私はよかったと思ってるけど」

民子が言う。

「男性に対して、昔は身構えすぎだったなあって思うもの。向うもたぶんそうだったろうし」

と。

「それよ！」

理枝が、我が意を得たりという顔をする。

「お互いが相手を意識していて、空気がそこだけぴりっと張りつめたみたいになって、周りに誰が何人いようと関係ないの、二人だけにそれがわかって、でもまだ何も始まっていなくて、でもすでに始まっているとも言えて、ああ、もう、思いだすだけでうれしくなっちゃうけどあの感じ、わかるでしょ？　あれがいいんじゃないの」

「たれるわよ」

早希がそう言ったのは、理枝がフォンダンショコラののったスプーンを手に持ったまま力説していたからで、実際、溶けたアイスクリームがいまにもスプーンの縁《ふち》からしたたり落ちそうだった。

「そういうの、理枝はもうさんざんやったでしょうに」

デザートを頼まず、コーヒーだけをのんでいる民子が言う（そんなことを言えば理枝が余計に熱くなるということを、どうして民子は学ばないのだろうと早希は思う）。

「何度やってもやり足りないわよ」

案の定、理枝は間髪を入れずに反論する。

「あー、どこかにいい男いないかな。もうね、結婚はいいの。でも恋人は必要でしょ？　うん、断然必要だわよ」

自分の質問に自分でこたえ、しきりにうなずいている理枝を見ながら、早希は自分のデザートを口に運ぶ。

「私は男性よりこっちの方がいいわ」

早希の選んだマンゴーアイスクリームは新鮮で香りがよく、まさにとろけるような舌ざわりだった。

5

薫が足首を捻挫したのは、ぴょんぴょん跳ねるクッションのせいではなかった。午前中にプールに行こうとして家をでて、バス停まで歩くあいだに歩道の段差につまずいたのだ。何が起きたのかわからないまま、気がつくと両手をついて転んでいた。慌てて立ちあがった瞬間、右の足首から頭蓋骨に向って鋭い痛みが駆けのぼり、薫は呼吸の仕方がわからなくなった。動転してはいけないと自分に言い聞かせる。とりあえず立つことはできているのだから、骨は折れていないはずだ（とはいえ痛みは激しく、一歩も歩けそうになかった）。晴れた美しい日で、周囲の景色は平和そのもので、犬を連れた人や自転車が薫の横を通過して行く。呼吸の仕方をなんとか思いだそうとしながら、薫はプール用のトートバッグからスマートフォンをとりだして、娘の番号を呼びだす。幸い家からまだそう離れていないので、すぐに見つけてもらえるだろう。

痛みと不安で全身がふるえていたのに、血相を変えて、という表現そのままの様子で走ってきた民子を見た途端、奇妙なことに薫は落着いた心持ちになった。

「そんなに慌てなくても大丈夫よ。ちょっとひねっただけなんだから」

痛みはあいかわらず右の足元で叫び立てていたが、口が勝手にそう言ってしまう。救急車を呼ぶと言いだした民子を一笑に付す。

「タクシーをつかまえてくれたら自分で病院に行きます」

なぜそんな意地を張っているのかわからなかったけれども、ここで大事《おおごと》にしなければ、結果も大事にならないような気がした。

「やめて。そういうの、もうほんとうにやめて」

民子は般若《はんにゃ》の形相でぶつぶつ言いながらも、バス通りまで走ってタクシーをつかまえてきてくれた。

半分抱えられるようにしていっしょに乗り込み、いちばん近い病院に行ってもらう。薫はこれまで健康自慢で、出産のときくらいしか医者にかかったことがない。病院というのは、病弱だった夫につきそって行く場所だとばかり思っていたのだが、今回は他ならぬ自分がそこへ行くのだ、と思うと奇妙な気がした。つきそう側ではなく、つきそわれる側になるなんて——。足元をもっとよく見なかったことが悔やまれたが、やってしまったことは仕方がない、と気持ちを切り換えることにする。

「いつかこういうことになるんじゃないかと思ってたのよ」

そう口にする民子から、ふつふつと怒りが滾《たぎ》ってくるのを感じる。怒りと、たぶんそれ以上に不安が。

「大丈夫よ」

それで薫はそう言ってやる。この子ときたら、こんなに大きくなっても恐がりなのだ。窓の外を、あかるく静かな住宅地の景色が流れていく。

のどかな日だ。早希は寝室で衣類にアイロンをかけながら、おもてを通る車の音や、鳥の声、人の声に耳を澄ます。一階の方が地面に近いのに、二階にいるときの方がおもての物音がよく聞こえるのはおもしろいことだ。

「ほら、もう帰らなきゃ。歩いて」という母親らしい人の声と、「まだっ」という幼い女の子の声（そのやりとりは三回くり返された）のあと、電話で話しながら歩いているらしい男の人の声（「勘弁してくださいよ。ほんとうに、そういうんじゃないんですから」）が聞こえ、しばらく静かになったあと、「ひつじ組さんとしてのだしもの」とその衣装について、熱心に話しながら歩く女性たち（推定三、四人）の声が聞こえた。

このあいだの夜はたのしかった。思いだし、早希は微笑《ほほえ》む。外食するのはひさしぶりだったし、三人娘が揃うのはそれ以上にひさしぶりだった。料理はどれもおいしかったし、旧友二人の変らない（無論、歳月による変化はあるにしても）姿を見て、自分のなかにも元気が湧くような気がした。レストランをでたあと、もう一軒のみに行くという二人と別れて早希は先に帰ったのだが、あの人たちはあれからどのくらいの時間までおもてにいたのだろうか。

昔は、と、早希は遠いことを思いだす。昔は、早希も遅くまで酒の席にいたものだった。ごく弱いカクテルとか、ウーロン茶とかただのソーダとかを手に、それでもそういう場所が物珍らしくうれしかった。歩くことを厭《いと》わなければ、電車がなくなっても帰れるというのが民子の考え方だったし、いっしょに歩いてあげるから泊めてほしい、というのが理枝のやり方だった。早希自身は、よその家に泊ることが苦手でいつも自宅に帰っていた（恋人がいた時期だけは、民子の家に泊ると嘘をついて、彼のアパートに泊ったりもしていたのだが）。家に帰るためのタクシー代であれば、父親がいつもだしてくれた。いつでもだすから必ず帰ってきなさいと言われていた。当時の早希は、気軽に友人の家に泊れない自分を不甲斐《ふがい》なく感じていたし、甘やかされた娘であることを恥る気持ちもあったのだが、なんていいパパだったんだろうといまは思う。その父親が死んで、もう随分たつ。母親もすでに鬼籍に入っているので、早希はときどき民子をうらやましく思う。薫さんが元気で、すぐそばにいるのだから。

それにしても、必ず（できれば早く）帰ってきなさいと言われていたころには遅くまで遊んでいたのに、ゆっくりしておいでと夫に言われているいま、なぜ自分が早く帰るのかわからなかった。もし早希が民子の家に泊ったとしても、一晩くらいなら夫は気にしないはずなのに。

窓の下を、小学校一、二年生くらいの男の子たちが集団で通る声がして、もうそんな時間かと早希は思う。家の前の道は近所の子供たちの通学路になっていて、登下校の時間はにぎやかな声が聞こえる。

「かっとばせ、ぶっとばせ、かっとばせ、ぶっとばせ、うおーっ」

なかの二人がくり返し歌うようにそう言い合っていて、その、「うおーっ」の部分が早希は気に入る。野球の応援の言葉なのだろうが、とくに野球の話をしている感じではなく、自分たちで自分たちに愉快な景気づけをしているという、それは風情だった。くり返しながら遠ざかってい

くその声を聞くうち、つい真似をしたくなり、

「かっとばせ、ぶっとばせ、かっとばせ、ぶっとばせ、うおーっ」

と、早希も小声で言ってみる。


母親の怪我《けが》は右足首の捻挫で、民子がほっとしたことに、骨には異常がなかった。のみならず、ついでに受けたX線による骨密度の検査（おもに腰椎と股関節を見るらしい）の結果、「年齢の割に密度が高く、しっかりした骨」だと医師に言われた。それが余程うれしかったのか、帰宅した母親は上機嫌で、顚末《てんまつ》をメイルで陸斗くんに報告（プールに行かれなくなったことは、病院にいるときにすでに知らせてあったので、その続報というか結果報告）したりしていたが、民子はどっと疲れてしまった。母親から電話がかかり、「転んじゃったの。動けないのよ」と言われたときの、血の気が引くような衝撃、タクシーに乗っているときに、どうしようもなく迫《せ》りあがってきた嫌な予感（これが転落の始まりになるのかもしれない。ずっとあとになって、あのときはまだ元気だったのに、と思い返すような、これは瞬間なのかもしれない）、そして、病院で待っているあいだの、このまま二度と母親に会えないのではないかという理屈に合わない恐怖――。

民子はそもそも病院という場所が恐いのだ。これまで大きな病気も怪我もしたことがなく、そこに行くのは入院している誰かを見舞うときだけで、いちばん足繁く見舞ったのは父親と猪熊（すでに河野に変っていたが、民子はどうしても旧姓で考える癖が抜けない）里美なのだが、その二人とも死んでしまった。もちろん病院のせいではないとわかってはいるが、それでも、帰っ

て来られない場合があるという恐怖を拭《ぬぐ》い去れない。

思いだすのは、里美が入院していた夏のことだ。癌《がん》治療専門の、その病院の廊下にある日笹飾りが出現した。笹にはたくさんの短冊がぶらさがっていて、そこには無論願いごとが書かれていた。治りますようにとか退院できますようにとか、元気になってまた何々ができますようにとか。読むまいと思っても、廊下を通るたびに、文字はつい目に入った。そのなかには治る人もいれば治らない人もいるはずで、民子は半ば本気で、患者に短冊を書かせるのはやめてほしいと病院に意見したい気持ちになった。入院している人たちに、他に何を願えというのか——。

が、里美の名前が目に入ったとき、その短冊に書かれた文字を読んで民子は思わず笑ってしまった。そこには「歌手になりたい」と書かれており、横にそれよりすこし小さな文字で、「できれば踊れて演技もできて、ミュージカルにでられるような歌手」というリクエストまで添えられていたからだ。里美らしいと民子は思った。見舞に来た家族や知人の誰彼がもし目にしても、笑ってしまう言葉を選んだに違いなかった。

「ねえ、お夕飯はどうするの?」

ソファに坐って新聞を読んでいた母親が言い、民子は、

「うどんでも作るわ」

とこたえたのだが、

「おうどんだけ?　べつに病人じゃないんだから、何をたべてもいいわけでしょう?」

と言われてしまう。

「それからこのお布団も片づけて。辛気くさいじゃないの」

とも。リビングの布団は、朝一度上げたものを、病院から帰ってすぐにもう一度敷き、シーツも枕カバーも替えたのだったが、「怪我なのにどうして寝かせようとするの？　昼寝なんかしたら、夜眠れなくなっちゃうじゃないの」と言って母親が拒否し、そのままになっている。

「眠らなくても、横になって休んだ方が楽かと思ったのに」

民子としては気遣ったつもりだったが、仕方がないので母親に言われるままに、また布団を片づけた。しかし、医者にテーピングというものをしてもらい、痛み止めの薬を服《の》んでもなお片方の足をわずかしかつけず、民子にしがみつくようにして歩く母親に階段は無理に違いなく、夜にはここで寝てもらうしかないわけで、そうなれば民子が母親の寝室を使うことになるわけで、なんだかこの家の寝場所状況は混乱をきわめているなと民子は思う。

お昼もたべていないからおなかがぺこぺこだと母親が言い、うどんでは物足りないらしくもあったので、店のあく五時を待って、鰻《うなぎ》を取ることにした。昔から台所のひきだしに入れてある、紙が変色した出前用の品書きを見せると、母親は嬉々《きき》として眺め、梅重と肝吸のセットの他に、白焼きと茶碗蒸《ちゃわんむ》しを選んだ。すくなくとも母親には食欲がある。そう考えて、民子は自分を励ます。どんな状況であれ、食欲があるというのはあかるい兆しのはずだ。

あー、たのしかった。愛車で首都高を滑らかに走りながら、理枝は満足の吐息をもらす。フロントガラスの向うは夕暮れの空と道で、助手席には朔が乗っている。どこにでも連れて行ってあげる、と、学校が春休みに入った甥に持ちかけたところ、水族館に行きたいという返事だったので、江戸川区にある臨海水族園というところにでかけ、ついでに隣の江東区にある現代美術館にも足をのばして、一日遊んで来たのだった。しょっちゅうフェイスタイムで顔を見ていたとはいえ、ひさしぶりに会う朔はやはり記憶にあるより大人びていて、メイクの巧みさもあり（朔は女の子のような化粧をすることが好きなのだ。ときどきスカートをはくこともあり、でもそれは、「性的アイデンティティーが揺らいでるとかじゃなく、単にファッション」だそうで、本人が愉しんでいるならばそれもいいと理枝は思う）、時折り、伯母ながらどきりとするほど中性的な表情を見せる。十六歳という中途半端な年齢のなせる業なのだろう。本人もそれを自覚していて、「メイクとか女の子のカッコとか、たぶんあと一年が限度だから」と言っている。

「で、どのへんに住む予定なの？」

スイングアウトシスターの曲に合せて身体を揺すりながら朔が訊き、

「あたしが知りたい」

と理枝は正直にこたえる。

「いまのところ、場所より物件優先で探してもらってるから」

地域を限定せずに探した方が希望に合う部屋を見つけやすいかと思ったのだが、どの物件にもすくなからず不満点があり（「多少の妥協は必要ですよね？」とゴールディに言われても、理枝としては断固妥協したくないので）、賃貸ではなく買ってしまって、好きに改装した方がいいかもしれないと思い始めているところなのだ。

「杉並にすれば？」

朔が言う。杉並には朔の家があり、そこはもともと理枝が育った家だ。

「ノー」

こたえると、そうだよね、と言って朔は笑った。

「緊張してる？」

尋ねられ、理枝はすこし考えて、していないとこたえる。きょうはこのあと、弟の家に行くのだ。朔と約束をしたあと、弟から電話があって夕食に誘われた。気は進まなかったが、いつかは顔を合せなければならないのだし、避けているとか逃げているとか思われるのもしゃくなので、行くとこたえた。

「よかった。たぶん向うは緊張してると思うけどね」

冷静な朔が言う。

「次は？」

気がつくとスイングアウトシスターが終っていた。

「じゃあねえ、ペットショップボーイズは？」

「ペットショップ？」

「そう、ペットショップボーイズ」

ドライブ中に聴けるように好きなＣＤを持っておいでと伝えておいたところ、朔が持ってきたのはＣＤではなくＦＭトランスミッターとかいう小さな機械で、これがあれば携帯電話を経由して、何でも好きな曲が聴ける（！）のだと教えてくれた。はじめのうち、朔のスマートフォンに保存されている曲（「これはきっと理枝ちゃんも好きだと思うな」とか、「これはオレのフェイバリット」とか）を聴いていたのだが、理枝の耳にはどれも似たり寄ったりで面白味に欠けて聴こえ、日本語による稚拙な歌詞が苛立《いらだ》たしくもあったので、もっといい曲はないのかと訊いたところ、リクエストすれば探してかけてくれることになった。

「あった。結構いっぱいあるな。何ていう曲がいい？」

「任せる」

こたえて一瞬だけ待つと〝ディスコテカ〟のイントロが流れ、理枝はなつかしさにくらくらする。学生時代、この二人組が大好きだったのだ。

「〝ゴーウエスト〟もだせる？　元祖はヴィレッジピープルだけど、あたしは断然ペットショップボーイズヴァージョンが好きなの。ニール・テナントとクリス・ロウ。まだ活動してるのかしら。そういうことも調べられるの？」

「待って。曲のタイトルだけもう一度言って」

「ゴーウエスト」

道が適度に混み始め、すっかり暗くなった前方の空間には赤いテールランプが連なっている。

〝ディスコテカ〟に続いて〝ゴーウエスト〟が流れだし、

「便利なもんねえ」

と、理枝はついしみじみ年寄りくさく呟いてしまう。

玄関チャイムが鳴ったとき、民子はてっきり鰻が届いたのだと思ったのだが、そこにいたのは仕事を終えた陸斗で、

「薫さん、大丈夫？」

と訊いたかと思うと、民子の返事も待たずに靴を脱いであがってきた。

「あとでまどかも来るから」

と緊迫した面持ちで言う。まるで（縁起でもない比喩だが）臨終の席に駆けつけた息子みたいだ、と思って民子は可笑《おか》しくなる。

「大丈夫よ、大丈夫」

一直線に台所へ向う陸斗の背中に声をかけたあとで、スリッパをださなかったことに気づいたのだが、まあいいか、ということにした。

「大丈夫よ、大丈夫」

台所で母親がおなじことを言っている。

「医者は何て？　捻挫は軽度から重度まで幅が広いからね。でもよかった、松葉杖《まつばづえ》とか車椅子とかではないんだね」

「それがね」

遅れて台所に入った民子は口をはさまずにいられなかった。

「回復に時間がかかりそうだから、松葉杖を貸すこともできますって医者は言ってくれたのに、

この人、断っちゃったの」

「だって、なんだか恐いもの」

母親が言い、首をすくめる。

「突く練習をしなくちゃいけないって言うし」

「それは薫さんの判断が正しい」

陸斗は断じた。

「あれは腕の力が結構いるし、慣れない人が使うとかえって危ないこともあるから」

母親は、ほらごらんなさいという表情で民子を見る。

「だけど、ともかく骨じゃなくてよかった」

陸斗が言うと、母親は打てば響く速さで、

「そうなの。メイルにも書いたけど、私は骨密度が高いんですって」

とうれしそうに（「年齢の割に」という部分をちゃっかりと省いて）こたえ、

「大きな、ものものしい機械に入って調べたのよ」

と報告する。陸斗と話すときの母親は、ときどき子供のようになるのだ。

「陸斗くん、ごはんは？」

民子は訊き、冷蔵庫から缶ビールを二つとりだして、一つを陸斗に手渡した。

「私たちは鰻を取っちゃったんだけど」

ぷしゅっと音を立てて缶をあける。大いに予定が狂ったきょうという日も、もうすぐ六時というところまでなんとか漕《こ》ぎつけたのだから、いつもよりすこし早いが、のみ始めてもいいだろうと思った。

「いや、僕はいいです。あとでまどかとそのへんで食うんで」

おなじようにぷしゅりと音を立てて缶ビールをあけ、突然ですます調になって、陸斗はこたえる。

6

自由が丘のケーキ屋に、薫さんの好きなファーブルトンという焼き菓子はある。会社帰りに立ち寄って、昼間電話で取り置きしておいてもらったそれを七つ受け取り（七つなら、もし今晩みんなでたべることになって、そこにこの前陸斗が言っていた「居候のヒト」がいても、薫さんとジョンちゃんがあしたたべる分が二つ残る計算になる）、まどかはバスに乗った。このバスには、ジョンちゃんの家に行くときに、子供のころから乗っている。だから道順も停留所の名前もすっかり頭に入っているのだが、ここ数年は駅から歩いて行くことに決めていて（なぜなら陸斗が「すこしは運動しろ」とうるさいからだ）、実際に乗るのはひさしぶりだった。電光掲示板に流れる文言も、録音された女性の声のアナウンスも変らない。夜のバスって妙に煌々《こうこう》とあかるく感じられるのはどうしてだろう、とまどかは思う。夜に電気が点《つ》くのは電車だっておなじはずなのに――。電車よりもバスの方が他の乗客の顔や表情や身なりが、はっきりと近く見える気がする。車両がコンパクトだから？ それとも線路ではなく道路を――歩行者や自転車とおなじ地平を――走るからだろうか。他の乗客を無遠慮に見てしまわないように、まどかは窓の外に目を転じる。が、そこにあるのはまどか自身の顔だ。白くてまるい、見馴《みな》れた顔。

バスを降りてすこし歩き（この道の、どのへんで薫さんは転んだのだろうと考える）、目的の家についたとき、チャイムに応えてドアをあけてくれたのはジョンちゃんだったけれど、すぐうしろに陸斗も薫さんもいて、二人が笑っていて賑《にぎ》やかな感じで、突然の怪我の見舞に来たまどかには意外だった。おもての暗さと室内のあかるさ、それに廊下の狭さがあいまって、なんだかバスのなかの続きみたいにも思える。

「わざわざごめんなさいね、お仕事のあとなのにまどかちゃんまで」

ジョンちゃんが言う。

「いまね、階段をのぼる練習をしてるところなの」

と。

「まどかちゃん、ひさしぶり」

階段に腰掛けた薫さんが手をふったので、まどかもふり返した。大丈夫ですかと尋ねると、大丈夫よということたえが返る。

「見てて」

薫さんは言うと、階段を一段ずつ、腰掛けながらうしろ向きにのぼった。幼児みたいに。

「しばらく階下《した》で寝起きすればいいのに、どうしても嫌だって言って」

ジョンちゃんが呆れ声をだす。

「民子は大袈裟《おおげさ》なのよ。自分の部屋の方が落着くし、動けるんだから動きます」

「絶対にその方がいいですよ。動かずにいると、筋肉とか空間把握能力とか、高齢の人はすぐ衰えちゃうことがあるから」

すかさず陸斗が口をはさむ。まどかは驚かなかった。陸斗はいつも薫さんの味方をするのだ。きょうだって、ほんとうは渋谷で待ち合せてスペイン料理をたべに行く予定だったのに——。

「そうだ、これ」

まどかが焼き菓子の入った袋をジョンちゃんに手渡すと、

「あらうれしい、モンサンクレールのお菓子ね」

と、階段の途中に坐った薫さんが、無邪気に言って手をたたいた。

たしかに老女というものはときどき子供みたいでかわいいし、非力だから守ってあげたくもなる。とくに薫さんは性格がおっとりしていてやさしいし、頭もはっきりしているので言うことがおもしろい。丁寧に暮しているからいつも身綺麗《みぎれい》でもあり、魅力的な女性だとまどかも思う。でも——。

場所を台所のテーブルに移してコーヒーをのみながら、でも、陸斗はちょっと薫さんに懐きすぎではないだろうか、と、胸に不穏なわだかまりを感じずにいられない。まどか自身は子供のころからジョンちゃん母子と親しくしているし、母親の入院中には薫さんが父親のごはんを作ってくれたりもして、まさに家族ぐるみのつきあいなわけだが、陸斗はそうではない。にもかかわらず、最近はまどかより陸斗の方が、頻繁にこの家に出入りしている。

「アルミのフライパン？　無印とかにあるんじゃないかな」

焼き菓子（やっぱり今夜たべることになった）をほおばりながら、陸斗が薫さんに何か言っている。以前は敬語を使っていたのに、最近は友達（あるいは息子）みたいな口調だ。

「昔はデパートに行けばたいてい何でも買えたのに、最近のデパートは服とか靴とかばっかりいっぱいあって、台所用品はほんのぽっちりしかないのよね」

薫さんが嘆息する。

陸斗について言うなら、まどかには、気になることがもう一つあった。それはずばり結婚で、母親に癌《がん》が見つかり、おそらく治癒は望めないのだろうとわかったころ、陸斗は「結婚しよう」と言ってくれたのだ。「お母さんを安心させるためにも」と。

陸斗と出会ったのは、まどかが十九歳のときだった。女友達と北海道に旅行をしたら、陸斗もそこに、男友達と来ていたのだ。それは雪景色のなかで乗馬ができたり、カヌーに乗って湿原に行き、スノーシューハイクができたりするアクティブなツアーで、結果的にはとてもたのしかったのだが、もしあの場にたまたま陸斗が参加していなかったら、たぶんまどかは途中でくじけていただろう。雄大な雪景色とタンチョウ鶴が見られると聞いて参加してみたものの、インドア派で体力のないまどかには、ややハードルの高い旅だった。でも陸斗がいて、ハイクのときにどうしてもみんなから遅れてしまうまどかの隣を歩いてくれたり、カヌーをほとんど二人分漕いでくれたり、夜に居酒屋で笑わせてくれたりした。ツアーといってもグループごとなので夕食は別で、それぞれ好きな店にでかけていいことになっていたのだが、まどかのグループと陸斗のグループは二日目の晩からいつもいっしょにでかけた。どちらのグループも東京からの参加で、しかも当時社会人二年目だった陸斗の勤め先が、まどかの自宅とおなじ目黒区にあるスポーツクラブだと聞いたときには胸が高鳴った。運命というのは言葉が大袈裟すぎるけれど、もしかしたら、という予感のようなものが確かにあったし、その予感通り、旅から帰ってすぐに連絡がきて、すぐに交際が始まった。陸斗は、大自然のなか以外でも頼もしかった。就職のことでも友達のことでも家族のことでも相談にのってくれたし、まどかの行くところには、できる限りどこにでもついてきてくれた（ジョンちゃんのところにも）。会えないときには電話やラインをたくさんくれて、まどかが外出しているときには、無事に家に帰りつき、「もう寝る」と言うまで無事を確認し続けてくれた。まどかは常に彼に守られていると感じたし、だから、結婚しようと言われたときにはうれしかった。母親の病気で日々が大変なころだったので、無論すぐにというわけにはいかないけれど、婚約すれば気持ちが落着くだろうし、母親も喜んでくれると思った。が、娘の気持ちをなぜかすぐに見通すらしい母親が、「親を安心させようとして結婚を決めるなんていう愚かなまねを、このあたしが許すわけないでしょ。絶対にだめ」と言ったので、結婚（婚約）話は立ち消えになった。あっさりひきさがった陸斗と自分もどうかとは思うが、母親の闘病を支えることが生活の第一義だったのだからそれはそれでいいとして、母親が亡くなって、もう二年以上たつのに陸斗の口から結婚のヶの字もでないことを、どう考えていいのかまどかにはわからない。お母さんを安心させるためにも、という、いわば副次的な理由があのときにはあったにしても、結婚は二人の望みであったはずで、その望み（依然として結婚を望んでいるまどかとしては、主に陸斗側のその望み）はどこへ行ったのか――。

「え？　これより小さいやつ？」

台所に立ち、幾つもあるフライパンを次々棚からだしながら、陸斗は薫さんに訊いている。

覚悟はしていたつもりなのだが、家のなかを案内されながら、理枝は自分の表情がどんどん強張っていくのを感じた。顔の皮膚がつっぱらかって、あとすこしでぴりっと裂けてしまいそうだ。リフォームではなく完全な建て替えを、弟夫婦は行ったらしい。実に悪趣味な家だ。庭をつぶして敷地ぎりぎりまで建物にしてもなおたいして広い家ではないのに、吹き抜けの螺旋《らせん》階段（！）があるというのは滑稽だし、白で統一された内装も、ところどころに金色があしらわれているためにかえって安っぽく見える。「家事室」だと説明された半地下のスペースには、洗濯機とアイロン台とアイスボックスが置かれていて、壁は甘ったるいピンク色だ。両親の遺品および理枝の私物はすべて倉庫に預けてあるとかで、その倉庫のパンフレットと、暗証番号その他の書かれた紙を理枝は受け取ったのだが、仏壇までそこに預けてあると聞いてぎょっとした。

「この部屋は落着くわね」

気づまりな夕食を終え、理枝はいま朔の部屋の、小さなベッドに腰掛けている。壁という壁にロンドンで観た芝居のポスターが貼られ、いかにも十代男子の部屋らしく、衣類や雑誌が散らかったこの狭い空間は、家の他の部分とは違って貧乏くさい成金趣味に毒されていない。自分の教育の成果に違いないと思い、理枝はひそかに溜飲《りゅういん》をさげる。

「これ、乗ってるの?」

床に転がしてあったスケートボードを拾いあげて訊くと、

「最近はあんまり」

という返事だったが、

「見せて」

と、すかさず理枝は頼んだ。スケートボードに乗る朔! 想像するだけで胸が躍る。

「いま?」

気乗り薄な声が返ったが、

「だめなの?」

と訊けば、

「だめじゃないけど」

という、理枝の思ったとおりのこたえが得られた。二人で螺旋階段をおりる。

「ちょっとでてくるわねー」

奥に向って高らかに宣言し、理枝は靴をはいた。

家の前のアスファルトの道を、ザーッと音を立てて朔が滑る。

「おーっ、イケてるイケてる、恰好《かっこう》いいわ」

理枝ははしゃいで手を叩いた。朔はボードの端を踏んで向きを変え、ザーッと音を立てて戻ってきた。

「理枝ちゃん、夜だからさ、静かに見て、静かに」

と言ってまた滑って行く。街灯に照らされたその姿は理枝の概念における〝少年〟そのもので、静かに見ろと言われても無理な話だった。

「すごいわ、すごいわ。きれいねえ、男の子ねえ」

朔は腰を落として飛びあがり、空中にいるわずかなあいだにボードを横に二回転させるという技を披露した。

「ワオ！　ファビュラス！　ユーアーソークール！」

興奮し、理枝の口から英語がこぼれでる。

ザーッ、ザーッ、という小気味いい音が夜道に響く。朔は滑り、腰を落とし、飛びあがる。ボードに上手《うま》く着地できたりできなかったりし、できなかったときに足でボードの端を踏み、すっくと直立させたそれに手を添えて向きを変える動作が理枝は気に入る。

なつかしい家が消えてしまったにしても、仏壇がどこかの倉庫に眠っているにしても、今夜ここでこれを見られてよかったと思った。弟が妻の言いなりであることに腹が立つにしても、以前から刺々《とげとげ》しかったその妻が理枝に対して年々無遠慮になっており、「お姉さんは常識から自由だからいいけれど」とか、「お姉さんには母親の気持ちはわからないでしょうけれど」とか、「庶民のたべものはお口に合わないかもしれませんけれど」とか、言うことがいちいち癇《かん》にさわったとしても、今夜ここでこれを見られてよかった。

「そろそろ戻る?」

朔が言い、強めに踏んで撥《は》ねあげたボードを片手で器用にキャッチする。

「やるじゃないの」

理枝は言い、二人で戸外にいること自体がうれしくなって、朔の腰にまわし蹴りする真似《まね》をしてみる。


理枝から電話がかかってきたのは午後十時をまわった頃で、早希はリビングで夫とテレビドラマを観ていた。〝トイ・ボーイ〟というタイトルのそれはスペインのドラマで、冒頭から若い男性の裸体がたくさんでてくるので夫と鑑賞するのはなんとなく気まずく、かといって消すのも意識のしすぎであるように思われて、どうしていいのかわからずにいたところだったので、電話はちょっとありがたかった。画面を一時停止にしてくれた夫に、ながくなりそうだから観ていてと告げて、早希は通話のボタンに触れる。廊下にでて扉を閉めた。

「いま話してもいい?」

理枝は言い、早希がこたえるのを待たずに話し始める。

「民子がね、今夜はどうしても仕事をしなくちゃいけないからって、つきあってくれないの。つめたいと思わない? あたし、きょうはこの時間まで一滴もお酒をのんでなくて、帰ったら民子とワイン、帰ったら民子とワインって、念じるように思ってたっていうのによ?」

「どこに行ってたの?」

早希は訊いたが、理枝はそれにはこたえずに、

「まあ、きょうは薫さんが足を挫《くじ》いちゃって大変な一日だったらしいから、民子にも同情の余地はあるんだけどね」

と続ける。

「同情っていうか、仕事なら仕方ないじゃないの」

早希の言葉はまたしても何の意味も持たず、

「それでね、あたし、きょうついに弟の家に行ったのよ」

と、理枝はともかく話し始める。「昔、早希も何度も来てくれた、あの杉並の家ね。庭に杏《あんず》の木があって、あなた、うらやましがってくれたでしょ? ジャムだかシロップだかが作れるって言って。実際に母はそういうものを作っていたし、山椒《さんしょう》とか大葉とかも植えていたしね。いまの早希のところみたいに手の込んだ庭じゃなかったけど、それでもね——」

そうだった、と早希はじわじわ思いだしてくる。昔から、この人は電話口で一方的に喋《しゃべ》り、肯定の相槌《あいづち》以外は耳に入らなくなるのだった。話題は決って男性がらみで、どんなに素敵な相手であるかをこまごまと語るか、どんなにひどい男につかまったかを怒りと共に訴えるか、別れた淋《さび》しさをえんえんと告白するか、別れられない自分の心理を分析するかのどれかだったが、五十路《いそじ》を(大きく)越えたいま、さすがに話題は変ったらしい。弟夫婦の住んでいる家を酷評し、妻の

手料理にまで文句をならべるのを聞いて、早希は彼らが気の毒になる。

「やっぱり育ちが違うっていうかね、それはしつけと価値観の問題だと思うの」

ときどきワインで喉をうるおす音と気配をさしはさみながら、理枝の言葉は熱を帯びてくる。

「会話の仕方を知らないのね、ウィットってものがまったくないいんだから絶望的よ」

立っていることに疲れ、早希は階段に腰をおろす。

「そう考えると、朔がよくあんなにいい子に育ったものだと驚くんだけど、たぶんあの子は清家の血が濃いのね、あたしという伯母の存在も大きいだろうし。きょうね、いっしょに水族館に行ったの。マグロの群泳とか泳ぎまわるペンギンとかを見てね――」

気に入りの甥について、女の子にもてることやスケートボードが上手いことなどをしばらく機嫌よく話していた理枝は、

「あの母親のいけないところはね」

と、いきなりまた弟の妻への憤慨に戻る。

「朔の個性を理解しようとしないところなの。服装なんて自由にさせてやればいいじゃない？スカートをはこうがメイクをしようが、そんなのいまどき珍しくもなんともないでしょ」

若干珍しいと早希は思うし、自分の息子たちのスカート姿は想像ができなかったが、そんなことを言っても話が長びくだけなので言わずにおいた。

「だいたい日本はジェンダーに関して遅れてるのね。選択的夫婦別姓にしても、同性婚にしても――」

民子がこの言葉の奔流に毎晩つきあわされているのかと思うと、人は変らないのだなあと、早希はしみじみしてしまう。若いころから、民子はみんなの話の聞き役だった。生真面目で寛大で、逃げるということを知らない人で、その勇敢さに本人は気づいてもいなかった。あなたは勇敢ですねともし誰かに言われたら、いまも昔も民子は即座に否定するだろう。頭のいい人なのに、自分のことはわかっていないのだ。

「これ、たべてもいいのかしら」

理枝が言う。

「なに?」

「お菓子があるの、箱のなかに。たべてもいいと思う?」

いいんじゃないかしらと早希はこたえ、勇敢な民子を見習って、日本の現状を憂う理枝の言説に、もうしばらくつきあった。

電話を切ってリビングに戻るとドラマはまだ途中だったが、夫はソファに坐ったまま頭をうしろにのけぞらせ、ぽっかりと口をあけて寝てしまっていた。

7

曇り空で、風がつめたい。桜は確かに美しいが、もう十分に見たと理枝は思う。とてもおいしい紅茶をだす、と真澄《ますみ》ちゃんの言っていた喫茶店は満席で、おもてに何組も入店待ちの人がいて、じゃあべつにその店でなくてもいい、と思ったのだがそのあと店が見つからず、かれこれもう四十五分も歩いているのだ。沖田圭《おきたけい》と真澄ちゃんの夫婦とは、ロンドンで一時期親しくつきあった。夫の方の沖田が理枝の直属の部下だったこともあるが、それよりも二人がそこにいた三年間が、理枝と実質上の夫だったハロルドとの、蜜月期間と重なっていたことの方が大きい。年齢は一回りほど離れているが、二夫婦で互いの家を行き来したり、妻同士で買物に行ったり、休暇にはいっしょに小旅行にでかけたりした。

帰国したのなら積もる話もあることだし、ちょうど季節だからお花見でも、と誘われてでてきたのだが、いざ会ってみると積もる話などべつになく、イギリスでしか見たことのなかった二人と日本で会うのはどこか奇妙で、自分でもらしくないと思うのだが、きょうの理枝は言葉数がすくない。

「九段下に戻る?」

派手派手しいムートンコートに身を包んだ真澄ちゃんが言い、

「それより竹橋の方が近いんじゃないか？」

と、夫の方の沖田が言う。

「いや、半蔵門の方が近いのかな」

と、自信がなさそうに。かつて痩せた青年だった沖田は顎の下にたっぷりと肉がつき、胴体にも同様の貫禄をつけたらしいことが、上等そうなカシミアのコートの上からでも見てとれる。

「どこか大きな道にでて、タクシーを拾えばいいんじゃない？」

理枝は言ってみた。手も頬もかじかんでいて、ともかくどこか暖かい場所に移動したかった。が、夫婦は立ちどまってスマートフォンをのぞき込み、どうやら現在地を確認しているらしい。理枝はじれたが、文句を言うわけにもいかないので黙っていた。結局永田町まで歩くことになる。

「でも、うらやましいです、自由人生活」

真澄ちゃんが言う。疲れも見せず、弾むような足取りなのは、ムートンコートの下がジーンズにスニーカーだからだろう。ヒールのあるショートブーツ（手持ちの靴のなかでは、それがいちばん歩きやすい靴なのだ）を履いてきた理枝は、

「まあ、ねえ」

と受け流しながら、フラットシューズを一足（もちろんスニーカーではなく、もうすこしエレガントなものを）買うべきかもしれないと考える。イギリス人が〝ウェリーズ〟と呼ぶゴム長靴を向うでは愛用していたのだが、東京でゴム長靴など履く機会はないだろうと思って処分してし

まった。いまあれに履き替えられたらどんなに楽だろう。

「だって、ついに憧れの悠々自適！」

　足取りのみならず声まで弾ませて真澄ちゃんは言い、ああ、この口調には憶えがある、と理枝は思った。「わあ、かわいいカップケーキ、理枝さん、写真写真」「マーケットって大好き！」「理枝さん見て！　セール、セール」街なかで、田園地帯で、デパートで、この人はよくはしゃいでこんな声をだした。

「真澄ちゃん、こっち、こっち」「あらかわいい。素敵じゃないの、買っちゃいなさいよ、思いきって」「あー、いい空気。真澄ちゃん、深呼吸、深呼吸」まったくおなじテンションで、理枝もそんなふうに応じていた。それなのに、なぜいまおなじようにできないのかわからなかった。

「うちはたぶん、理枝さんの年齢での悠々自適は無理だなあ。この人そこまでガッツないし、子供たちもいるし」

「お子さんたち、幾つになったの？」

　沖田圭はロンドンから香港に転勤になり、それから東京に転勤になったのだが、香港で一人目が、東京で二人目が生れたと聞いている。

「上が小学校三年になったところで、下はまだ幼稚園」

　真澄ちゃんではなく夫がこたえ、

「ご所望とあらばあとでいくらでも写真を見せますけど、理枝さん絶対『ノーサンキュー』って言いますよね」

と、余計なひとことまでつける。

「失礼しちゃうわね。あたしがそんな失礼なこと言うわけないでしょ。子供っていうのはどんな動物の仔《こ》だってかわいいに決ってるんだから――」

心外だったが、夫婦は揃って笑いだし、

「無理しなくていいですよ」

と真澄ちゃんが言い、

「理枝さんの『失礼しちゃうわね』、ひさしぶりに聞いた」

と沖田が言う。

永田町にたどりつき、目についた最初の商業ビルに三人はとびこむ。ガラス張りの立派なビルで、喫茶店を求めてさまよったのだが発見できず（食事をするための店はたくさんあったが、あとは複数のクリニックとコンビニエンスストア、花屋とレンタカー屋と無数のオフィスが入ったそれはビルだった）、ようやく見つけたスターバックスに落着くと、「東京のビルはまるで迷路」とか、「いわゆる喫茶店というものはもう存在しないの？」とか、ひさしぶりに街にでた中高年にありがちな愚痴をひとしきり言い合い、それでも店内の暖かさとコーヒーの匂いにほっとして、やれやれ、よかった、と、理枝はつい口にだす。

〆切《しめきり》に二日遅れて原稿をファックスし、民子は安堵《あんど》の息をつく。やれやれ、よかった。ここ数日ばたばたして掃除をする余裕がなかったので、午後十時を過ぎていたが、リビングに掃除機をかけた。原稿が一つ終ると、民子はいつも、妙に活力が湧くのだ。昔からそうだった。たとえば徹夜で試験勉強をしたりレポートを仕上げたりして、そのさなかには、終ったら思うさま寝たいと考えているのに、いざ終ると気持ちが高揚して身体《からだ》まで軽く、その足で映画を観に行ったり、一つ手前の駅で降りて歩いて帰ったりした。

ほんとうは階段と二階の廊下にも掃除機をかけたいところだったが、母親を起こしてしまいたくはないので、リビングと台所、一階の廊下だけにしておく。こういうとき、イヤフォンが欲しいなと民子は思う。コードレスのイヤフォンをつけている人を街で見かけるので、そういうものが普及していることは知っている。あれで好きな音楽が聴けるのなら、夜中の掃除にはうってつけだろうと思う。が、どこにもつながっていないイヤフォンからどうやって音楽がでてくるのか、そのからくりがわからず、からくりのわからないものが自分に扱えるとも思えず、買いにでかけても店の人とのやりとりが混乱を極めることは目に見えているので、どうしても二の足を踏んでしまう。こういうのが年を取るということなのだろうと民子は思う。以前なら、新しいものをすぐに買いに行けた。レコードよりも品質が保たれるというふれこみのCD（およびそのプレイヤー）が出現したときも、おさるのCMがかわいかったウォークマンが出現したときも。自分に扱えるかどうかなど、考えもしなかった。なぜあんなことができたのだろう。

雑巾がけも終え、ワックスがけまでするべきかどうか迷っていると理枝が帰ってきた。それで、ワックスがけは今度、ということになったのだが、民子が笑ってしまったのは、理枝が「ただいま」に続けてすぐ、「発見したわ。あたし、内弁慶なのね」と言ったからだ。

「まさか」

民子は否定した。

「あなた、知らない人にもずけずけ物を言うじゃないの。学生時代からそうだったし、いまだって——」

理枝は民子に最後まで言わせず、

「知らない人はべつよ、どうでもいいんだから」

と言う。

「大事なのは知ってる人の場合でしょ」

と。そして、きょうの出来事を報告してくれた。ロンドン時代に親しくしていた夫婦と花見に行ったこと、夕食もいっしょにし、おいしい天ぷらをたべてお酒ものんだのに、「あたしったら借りてきた猫みたいにおとなしくて、そういえば昔から、あたしは人に心をひらくのに時間がかかったなあって思いだした」こと——。

そろそろ深夜になろうかという時間帯だったが、民子はまだ活力の湧いている状態で、理枝ものみたいと言ったので、白ワインをあけた。

「彼らが悪いわけじゃないの。いい人たちなのよ、二人とも」

理枝は続ける。

「だけど、考えてみたら異国での三年間だけのおつきあいだったわけでしょ、それだってもう十年以上前のことだし」

「まあ、ねえ」

「それに、あのころのあたしにはハロルドがいて、いまのあたしとは違ってたから」

民子は納得する。きっとそれが大きいのだろう。ハロルドというパートナーのいない理枝が、その夫婦に会うのはきょうがはじめてだったのだから。

「たのしくなかったの？」

「そこそこたのしかったわよ」

理枝はこたえる。

「でも、ちょっと緊張したっていうか、向うにいたころとは違ってたの。お互いに心をひらけなかったっていうかね」

民子は考えてしまう。

「心なんて、そんなにしょっちゅうひらかなくてもいいいんじゃない？」

思ったままを口にすると、

「あら、そんなのだめよ。絶対にだめ。そんなの淋《さび》しいじゃないの」

とたちまち反論された。理枝らしいと民子は思う。この人は、いつもまっすぐ相手に向っていくのだ。

「そんなに心をひらきたがる人は、内弁慶じゃないと思うわ」

「あら、内弁慶よ」

理枝は譲らない。

「だって、結局のところ、私がほんとうに心をひらける相手って、民子と早希と薫さんと、あとは朔だけなんだもの。こんなにながく生きてきて四人だけなんて、あたしって孤独だわ」

そう言って、三杯目の白ワインを手酌する。

「そんなはずないでしょ」

民子が知っているだけでも、理枝には友人知人が多い。

「あなた、前に自分でも言ってたじゃないの。『カナダやイギリスやマレーシアや、世界のあちこちにいる友人たちがあたしの財産なの』って」

「それはべつよ」

理枝はしゃあしゃあと言う。

「あたしは顔が広いし、社交的なんだもの」

ほら認めた、と民子が胸の内で呟くと、

「つまりね、あたしは社交的な内弁慶なの」

と強引に結論づけて、理枝はにこやかにグラスをかかげてみせた。


男の子の靴下というものは、どうしてこうも汚れるものなのだろう。もう何度も不思議に思ったことを、早希はまた不思議に思う。すこしでも白さ（あるいは、何であれ元の色味）をとり戻すためには、洗濯機に入れる前にどうしてもつけおき洗いをする必要があり、こうしてそれをするたびに、何度でも不思議に思うのだ。陸上部に所属していた上の息子とは違い、下の息子はスポーッと無縁なのに、それでもなぜか毎日靴下を黒く汚して帰ってくる。

きょうはよく晴れていて、洗濯日和だ。庭にはレンギョウが咲き雪柳が咲き、山桜桃《ゆすらうめ》も咲いている。盛りを過ぎたシナマンサクやナギイカダも、まだ花が残っている。山椒《さんしょう》は青々と芽吹いているし、肉厚なツゲの葉のところどころに、まるで蕊《しべ》だけみたいに見える地味な花がついている。窓ごしに眺めるだけで早希はうれしくなる。土があるというのは豊かなことだ。低い棚に這わせてある山藤が濃緑に茂っているのを見て、早希は満足する。高い棚に這わせてある蔓《つる》バラといっしょに、今年ももうじき咲いてくれるはずだ。

昼食として、焼いた餅に昆布出汁《だし》をかけたものをたべていると、次男から電話がかかってきた。宇宙の数式を書いた紙を忘れたから職員室にファックスしてほしいと言う。自分だけのことならいいのだけれど、それはグループ研究の発表に必要なもので、グループ全員の命運（ほんとうにその言葉を使った）がかかっているから、と。

「宇宙の数式って何？」

尋ねると、

「それはちょっと、いま説明している時間はない」

という返事で、職員室のファックス機を使わせてもらう許可は取ったし、番号はこれからすぐにラインするから、ともかく送ってほしいと言う。

「だって、うちにファックス機なんてないじゃないの」

随分前に使っていた固定電話にはその機能がついていたが、まったく不要だったので、もう何年も前に、場所を取らないコードレスフォンに変えてしまっている。

「コンビニにあるから」

コンビニ――。最寄りのそこを思い浮かべ、早希は、すでに自分が行く気満々であることに気づく。

「その紙はどこにあるの？」

「たぶん机の上」

「たぶん？」

「いや、たぶんじゃなくて机の上、だと思う。クリアファイルに入ってて、五枚くらいあって、数式がびっしり書いてあるからすぐわかるよ。たぶん」

やっぱりたぶんがつくのだ。何時までに要るのかと訊くと、使うのは二時五分からの授業でだけれど、できれば昼休み中にほしいと次男はこたえる。

「わかった。急いで行ってあげる」

早希が言うと、

「うおお！　ありがとう、おかーさま」

というノーテンキな声が返った。

「何がおかーさまよ。他の人の命運がかかってるようなものを忘れるなんて、緊張感なさすぎでしょ」

そう応じたものの、悪い気はしなかった。小さいころから独立独歩というか、自分のことは自分で決めて行動するタイプで、感情をあまりおもてにださなかった長男とは違って、次男は無頓着かつ無防備で、高校生になったいまでも感情をそのまま顔や声にだす。ちゃっかりしたところがあり、このままで大丈夫かしらと思わないでもないのだが、単純にかわいいので、早希はつい甘やかしてしまう。

数式の書かれた紙は、机の上に置いてあった。コートを着て、クリアファイルと財布を手に、早希はコンビニに向う。きょうは英会話の日で、教室への行きがけに寄れれば楽なのだが、それでは次男の昼休みが終ってしまう。

大学を卒業してから結婚するまでのあいだ、早希は父親の伝《つて》で小さな税理士事務所で働いていた。もちろん税理士資格など持っていなかったので、秘書というか事務員としてだったけれど、だからこそファックスは日々たくさん送受信した。というのに、コンビニに置かれたその機械の操作にしばらく手間取り、シール状の説明書きを読んでやっと送信ができた（たぶん）。届いたかどうか不安だったので、送信したとラインを送り、店内を物色しながら返信を待つ。惣菜《そうざい》の棚を眺め、パンの棚を眺める。カップ麺の棚を眺め、アイスクリームのケースを眺める。飲料のケースを眺め、おむすびとサンドイッチのならんだ棚を眺める。それを二周くり返したところでスマートフォンが振動した。

届いた！　ありがとうございます！

自分でも大袈裟だと思ったが、早希は達成感としか言いようのない気持ちと共に店をでた。数式の書かれた紙の五枚目をコピー機のふたの下に忘れてきたことには、夜になって次男に指摘されるまで気づかなかった。

回復には時間がかかると医師は言ったけれど、四日目には痛みが引き、一週間もすると、こわごわながら足をついても響かなくなった。日頃から水泳に通っているせいかもしれないと、薫は自分の回復力に満足する。とはいえ、足をつくことへの恐怖がしみついてしまったらしく、痛くないのに、つい痛いみたいな歩き方になる。プールのなかならば、右足をかばうことなく歩く練習ができそうな気がするのだが、当分のあいだスポーツクラブは禁止、と民子に言い渡されている。

薫はプールという場所を、自分がこんなに好きになるとは思っていなかった。水のなかにいると、まわりに人がいてもすんなり〝ひとりきり〟の心持ちになれる。水着とキャップという最低限のものしか身につけていない自分の身体は小さく軽く感じられ、その無防備さが、かえって薫を勇敢にする。ガラスが多用されているので、晴れた日には日ざしが入り、雨の日には雨粒が見える。その、外界と隔てられているのにつながっているような感じも気に入っていた。

薫の得意な泳法はのしだ。「実際にのし泳ぎする人って、はじめて見ました」と陸斗くんには言われたが、楽だし顔もあまり濡れないので自分には向いていると薫は思う。薫の母親ものしで泳いだ。プールではなく海でだったし、その海でさえ母親は滅多に泳がず、日傘をさして砂浜に立ち、水のなかではしゃぐ子供たちをただ眺めていることの方が多かったけれども。

薫の母親は七十六歳で亡くなった。ある冬に風邪が抜けず、病院に行ったら肺炎と診断されて入院し、そのまま眠るように逝ってしまった。当時は十分に長生きしたと思ったものだが、その母親の年齢を、薫はとっくに超えてしまった。自分がまだ生きていることを、薫はときどき不思議に思う。父親も母親も、姉のみならず弟も、そして夫もいなくなってしまったのに、自分だけがまだここにいるなんて――。

きょうは、珍しく昼間から民子と理枝がいっしょに外出しているので、家にいるのは薫一人だ。冷蔵庫を物色し（というのも、捻挫以来買物がままならないからだが）、親子丼をつくることに決める。三葉《みつば》のないことがうらめしいが、ないものはないので浅葱《あさつき》で代用することにした。陸斗くんが買ってきてくれた小さなフライパンは、オーブントースターに入るのでアヒージョをつくるのに便利なだけじゃなく、一人分の親子丼の具を煮るのにもぴったりなのだった。

8

ヨーロッパの小さな街に行くと、薬屋と下着屋が多いのはなぜか、という話題で、百地《ももち》と理枝は盛りあがっている。「その二つは老人にも需要があるから」とか、「顧客の個人情報が店にキープされているから」とか、「老いてもなお性生活の盛んな人が多いから」とか――。店の古くささに似ず過激な下着をつけたマネキンがいて驚くとか、ガーターベルトに胸をときめかせるのは男なのか女なのかとか、古い薬屋と古い下着屋は店内の匂いが似ているとか——。「ポルトガルに行ったときにね」とか「フランスの北のちっぽけな街で」とか、「スイスはメッカだと思う」とか、「やっぱりイタリアだろう」とか。

二人が会うのは三十数年ぶりで、「いやだ、ほんとうに百地? 街ですれ違っても絶対わからなかったわ」「俺も絶対わからない」という会話から始まったのに、どちらもあっというまにそのブランクを埋めてしまったらしいことに民子は驚く。三人はいま百地のマンションで、百地が手ずから焼いたお好み焼(目を疑うほど大量のきゃべつを、時間をかけて蒸し焼きにするのがコツなのだそうだ)をたべたところだ。煙と匂いをすこしでも逃すためにあけ放たれているガラス戸の向うは小さなベランダで、その先には晴れた午後の空が広がっている。

話題はヨーロッパの薬屋と下着屋から離婚の大変さに移り、さらに、なぜかピンポンダッシュの意味に移る。「あれの何がおもしろいのかさっぱりわからない」というのが理枝の意見で、「子供には一大スリル」だというのが百地の意見だ。民子の家でも、たまにそれらしいことが起こる。なぜ「らしい」なのかといえば、ドアをあけたときにはもう誰もいないからで、そう話すと、「それは絶対どこかに隠れて見てるよ。そうでなきゃ意味がないんだから」と百地は言う。「そもそもはそうだったかもしれないけど、いまではもうピンポンダッシュも形骸化してるのよ。意味なんてないんだと思うわ」理枝がそう応じ、「もしかすると、子供でも大人でも、女にはピンポンダッシュの醍醐味《だいごみ》はわからないのかもしれないな」と百地が発言したために、(民子は同意できる気がしたが)会話は紛糾してしまう。

離婚後の百地が移り住んだこのマンションに、民子が来たのは三度目だ。殺風景。ひとことで言うとそうなる。家具も食器も（おそらく衣類も）最低限しかなく、壁には時計も絵画もカレンダーもない。読書家なのに、蔵書もほとんど処分したと言っていた。引越しをした経験が、大昔、まだ父親も存命だったころの一度しかなく、自分の思い出の品のみならず両親の思い出の品にも囲まれて暮している民子には、こうまで殺風景で、住人の趣味や個性をうかがわせるものが何もない空間で生活するのがどんな感じか想像もつかない。自分が根なし草になったようで、心細いのではないかと思う。が、同時に、奇妙にうらやましくもなるのだ。

「理枝ちゃんは派手だったよ」

百地が言う。

「上昇志向全開っていう印象がある」

ピンポンダッシュの話は終ったらしい。

「あたしがあなたに持っていた印象はね、変り者で気難し屋」

「ひどいな」

「あら、べつに悪いことじゃないでしょ」

「俺はあのころ、民子と理枝ちゃんの仲がいいのが不思議だった。全然タイプが違うから」

「それ、よく言われた」

理枝が言い、でも、と民子は口をはさんだ。

「でも、そんなことを言えば、昔幹《みき》と仲がよかった背の高い男の人、城島《じょうしま》さんっていったっけ？

彼と幹だって全然気が合いそうに見えなかったけど」

そこから、話題は当時仲がよかった誰彼の消息に移った。

「ねえ」

ふいに、理枝が目を輝かせる。

「これから早希の家を急襲しよう」

だめよ、と民子は反射的に止めたが、早希に会いたくなっていた。急襲なんて学生時代みたいだ。非常識だとは思うものの、もしそんなことができたらうれしいとも思う。

「おもしろいね。早希ちゃん、どこに住んでるの？」

百地が訊《き》き、

「成城」

と理枝がこたえて話が決る。そんなことがほんとうに実行できるのかどうかは半信半疑ながら、民子には、自分がこれ以上反対しないことがわかっていた。なぜいけない？　きょうは平日だし、時間はまだ三時をすぎたところだ。たぶん早希は家に一人でいるだろう。顔を見て、驚かせ、すぐにひきあげればいい。


「これ、どうしたの？」

学校帰りの予備校を終え、夜になって帰宅した次男に訊かれ、

「いただきもの」

と早希は短くこたえた。

「たべるんだったら温めるけど？」

たべる、と次男は即答し、誰からかと訊かれた早希は説明した。夕方、理枝と民子と百地がいきなりやってきたこと、このお好み焼は手土産で、百地が焼いたものらしいこと。

「百地って誰？」

当然ながら次男は次にそう質問し、

「学生時代に知り合いだった人」

とだけ早希はこたえる。

「温めるから、着替えて手を洗っていらっしゃい」

三人はいきなりやって来て、二時間ほどで帰っていった。車なので酒ののめない理枝自らが、これは絶対にシャンパン級の再会だと主張して、途中の酒屋で買ってきたというシャンパンをあけ、ただ話して笑っただけの二時間だったのに、彼らが帰ったあとも早希はぼうっとして、いまもまだ、上手《うま》く現実をのみこめない。ほんとうに、さっきまでここに彼らがいたのだろうか。

現れたのが理枝と民子だけだったら、自分はこんなに混乱しなかっただろうと早希は思う。彼女たちとはずっと連絡を取り合ってきたのだし、折にふれて会ってもきたのだから。早希は、自分が最後に百地に会ったのがいつだったのか憶《おぼ》えていないが、民子と百地が別れて三十年たつというから、間違いなくそれ以上の年月ぶりだ。だからこそ記憶が当時のまま保たれてしまったとも言えて、最近の百地について民子の口から聞いてはいても、早希のなかで、彼はずっと二十代の若者だった。ザ・初老男性といった風貌になった彼にいきなり「ひさしぶり」と言われても、はじめは戸惑うばかりだった。だいたい、学生時代ですら、民子の交際相手だった百地と、早希はあまり話したことがなかったのだ。が——。

会話が始まってすぐ、見知らぬ初老男性（痩身、銀縁眼鏡、八割方白髪、グレーのVネックセーターにブルージーンズ）だとしか思えなかった百地の顔に、確かに昔の面影が見え、そうなると、あとはもう一気に過去に連れ戻されてしまった。そのタイムスリップ感は理枝や民子だけと会っているときの比ではなく、たぶん、あいだの三十数年がすっぽり抜け落ちているからだろう、自分たち四人が年月を重ねていまに至ったのではなくて、学生時代からいきなりいまになってしまったかのような（それとも逆だろうか。早希の現在にいきなり学生時代が出現したような？）、なんとも落着かない感じなのだった。

シャンパン（理枝だけは、これもまた自分で買ってきたノンアルコールビール）をのみながら、話題は驚くほどぽんぽんとびだす思い出話の他に、かつて民子と百地が別れた理由（信じられないことに二人の記憶はくい違っていて、あの電話がとかその夏の終りにとか、あれこれエピソードは披露されたものの、結局、別れた理由は自分たちでも思いだせないらしい）や、数年前に理枝がきっぱり煙草《タバコ》をやめた理由（意外ではないが、朔《さく》くんに頼まれたから）、さらには理枝とハロルドの関係が泥沼化していたころの、これまで聞いたことがなかった幾つかの出来事（二人とも酔って路上で激しい喧嘩《けんか》をし、通報されて、揃《そろ》ってパトカーに乗せられたことがあるとか）にまで及び、時間があっというまに過ぎて、要するに早希はたのしかったのだ。目の前の三人がなつかしかったのではなく、三人によって呼び覚まされた昔の自分がなつかしかった。それは、まだ親元に住んでいて、夫も息子たちもいない、身軽だった自分だ。

「ごはんはたべたんでしょ?」

レンジでお好み焼を温め直しながら、着替えをして戻ってきた次男に早希は訊く。予備校のある日は友達と適当にたべるから夕食は要らない、と言われている。

「おなかがすいてるんなら、もっと何かつくるけど?」

「いい。そんなには要らない」

次男は言い、けれどそのあと着々ときれいに、大きな二切れをたいらげる。

「お父さんは?」

「きょうは遅いんですって」

ふうん、とこたえた次男は使った食器を流しに運ぶ。そうしなさいと言ったことはなく、普段の食事のあとには(夫と長男同様に)なにもしないのだが、こんなふうに一人で何かたべたときにだけ、いつのまにか自分でするようになった。放っておくと洗うところまでしてしまいそうなので、

「置いといて」

と声をかけた。世のなかの風潮にそぐわないことは知っているが、早希は男性に台所に立たれたくないのだ。「家事全般に自分が向いていることを発見した」らしい百地が聞いたら怒るだろうけれども――。

相談がある、というラインをまどかからもらったのは、連休のあけた金曜日だった。もちろんいつでも話を聞く、と民子は返信した。いつでも遊びに来て、と。陸斗《りくと》くんという恋人ができてからは、たぶん専属の相談相手を見つけたからだろう、ぱったりなくなったのだが、以前にはよくこういうことがあった。それこそ玄関チャイムに手が届かないほど小さかったころから、「ジョンちゃん、聞いて」と言ってやってきたものだった。ママが私の気持ちを全然わかってくれないから家出をしたい、とか、好きな男の子にチョコレートを渡したいのだが、どうやって渡すのが効果的だと思うか、とか、相談の内容は他愛ないものだったけれど、家族でも友達でもなく自分に相談してくれたということが、民子にはうれしかった。

今回まどかは、できれば民子の家以外の場所で会いたいと言って（ラインに書いて）寄越《よこ》した。それで、どちらの家からも近い自由が丘で会うことになったのだが、日曜日の午後のこの街は人が多い。普段、民子がここに来るのは電車に乗るためか、銀行に用事があるときくらいで、たいてい急いでいるので周囲の様子にほとんど注意を払わないのだが、改めて眺めてみると、随分さま変りしている。ここにCD屋があったはずだとか、ここに紅茶の専門店（高校時代に民子が初めてミントティというものを知ったのはそこでだったし、百地とつきあっていたころには、週末によくそこで待ち合せをした。百地以降につきあった、何人かの男性とも）があったはずだとか、思いだせる場合はまだましで、そこここにかつて何があったのか思いだせないまま、こんなところに新しいお菓子屋ができている、とか、ここは一体何を売る店なのだろう、とか、漫然と思いをめぐらせながら、民子は南口駅前を歩いた。ほっとしたことに、書店は記憶通りの場所にあり、棚をしばらく眺めてから（なるほどねえ、最近はこういう本が売れているわけか）、待ち合せ場所の喫茶店に入る。

約束の時間にはまだすこし早かったが、まどかはすでに来て、窓際の席に坐《すわ》っていた。鮮やかなピンク色のカーディガンが目を引く。

「ごめんなさい、待たせちゃった？」

民子が訊くと、まどかは首をふり、

「いいえ」

とこたえたが、コーヒー茶碗《ぢゃわん》の中身は半分以下に減っていた。

「ひさしぶりに来たからついきょろきょろしちゃって」

と、遅刻をしたわけでもないのに言い訳じみた言葉が口をついてでる。

「本屋さんにも寄っちゃった」

と、訊かれてもいないのに。

「薫さんの足、どうですか？」

まどかは礼儀正しく尋ねる。丸顔で童顔、肩のすこし下で切り揃えられた髪。目鼻立ちは里美に似ているが、巧みに目をぱっちり見せる工夫がほどこされているので印象は随分ちがう。

「もうだいぶいいみたい。ほんと、びっくりさせてくれるわよね」

民子はこたえ、この子は幾つになったんだっけと考える。友人の子供の年齢というものは、すぐにわからなくなるものなのだ。まどかにしても、早希の息子たちにしても、百地の子供たち（性別すら思いだせない）にしても。

「で、相談って？」

注文したミルクティが運ばれたところで民子が促すと、

「ていうか、まず愚痴なんですけど」

とまどかは言い、それから一時間、ノンストップで陸斗くんについて話した。彼がまどかを「保護すべき子供」のように扱うことや、以前みたいに「まぶしそうな目」で見てくれなくなったこと、「薫さんに懐きすぎ」で、それは彼が「人助け好き」だからだと思うこと、前に一度プロポーズをされたことがあるのだが、それも「人助けの一種」で、「死期の迫っていた母を安心させたいだけ」だったのかもしれないこと——。大きな目を伏せたり見ひらいたり、憤慨のしるしに頬をふくらませたりしながらまどかは話し、それは民子の目に、「ジョンちゃん、聞いて」と言いにやってきて、家出だのチョコレートだのについて語った少女そのものに見えた。

それに、とか、だいたい、とか、考えてみると、とかの言葉をはさんで話は支離滅裂に展開し、「陸斗がいないと、どうやって生活していいのかわからない」と言ったかと思えば「別れるべきなのかも」と言い、「依存だけはしたくない」と勇ましく表明したすぐあとで、「頼れるのは陸斗だけなのに」と呟《つぶや》いたりもして、民子は途中でよくわからなくなってしまう。これは結婚したいという話なのだろうか、別れたいという話なのだろうか。

喋《しゃべ》ったらお腹《なか》がすいたとまどかは言い、コーヒーのおかわりと、ショートケーキを注文した。

そして、すこし前に陸斗とでかけたという牧場の話を始める。二人でアルパカにエサをやったとか、牧羊犬の働きぶりが見事だったとか。写真も見せてくれたのだが、なるほどそういう動物たちが写っていた。

「青い空。広い施設なのね。二人ともたのしそう」

民子が言うと、まどかはふいにかなしそうな顔になり、かなしそうな顔のまま、

「すごくたのしかった」

とこたえた。

「別れたら、淋《さび》しいだろうな」

と。それから目にきゅっと力を込めて民子を見つめ、

「ねえジョンちゃん、どう思います？　私たち結婚するべきなのかな、別れるべきなのかな」

と、真剣な面持ちで訊くのだった。


結婚するか別れるか——。まどかのなかではその極端な二者択一しかないらしいことに民子は驚いたのだが、夜、例によってワインの壜《びん》を手に仕事部屋にやってきた理枝にその話をすると、
理枝は、

「わかるわー」

と言った。

「若い子にとって結婚は大問題だもの」

と。紺色のパジャマの上に、白い、たっぷりしたモヘアのカーディガンを重ねている。足元は、このあいだまで履いていたこの家の客用スリッパではなく洒落《しゃれ》たルームシューズで、いつのまにか買ったらしい。

「それはわかるけど、互いに好きなら、何も別れなくてもいいんじゃない？」

民子は言ってみる。が、

「だって、だめなら早く次を探さなきゃいけないじゃないの」

と一蹴されてしまった。そうなのだろうか。民子には理解できない。まず相手がいて、その相手といっしょに生きたいと思うからこそ結婚するのではないのだろうか。まあ、と民子は自嘲気味に考える。まあ、私の身に、そういうことは一度も起こらなかったわけだけれど――。

まどかの人形じみた丸顔を思いだし、

「小さいころから知っているからかもしれないけれど、結婚するには子供すぎるように見えるわ、まどかちゃん」

と民子が言うと、

「結婚って、基本的に子供がすることでしょ」

と即座に言い返される。ざくざくと鈍い音が続き、それは理枝がクラッカーを咀嚼《そしゃく》する音だった。薫手製の金柑《きんかん》の甘露煮を刻み、マスカルポーネチーズに練り込んだものをのせたクラッカーが、最近の理枝の、深夜の気に入りのスナックなのだ。

「確かに！　そう考えると納得がいくわ」

結婚が子供のすることだというのは、民子には新鮮な発想だった。が、理枝には当然の発言だったらしく、そんなことも知らなかったのか、と言わんばかりの顔をしている。

「きょうはどうだった？」

ワインを一口のみ、民子は話題を変えた。理枝は友人の紹介だという不動産屋に見切りをつけ、ここのところ、もっぱらインターネットを駆使して物件を探している。

「それがね」

理枝は目を輝かせる。賃貸ではなく購入で、新築ではなく中古で（「日本人は新築にこだわりすぎだと思うわ」）、リフォームではなくリノベーション希望、というところまでは聞いていた。物件数は多いけれど、「あたしの審美眼に適《かな》うもの」はなかなかないとか、リノベーションでは一般的な住宅ローンは利用できないから、中古物件の販売とリノベーションをセットで提供してくれる業者を探す必要があるらしいとか——。

が、理枝はきょう、目を輝かせ、すくなくとも経済的な問題は解決できるかもしれないと言った。都内から外に目を向ければいいわけよ、と。

「だってほら、あたしはもう通勤なんてしないわけだし、そりゃあ先週みたいに臨時の仕事が入ることはこれからもあるだろうけど、その場合はこっちにっていうか、あちこちにでて行けばいいわけだし」

理枝が言及した臨時の仕事というのは、観光目的でカナダから来日した大口投資家の通訳兼アテンドとして、芭蕉《ばしょう》ゆかりの地とか、金沢の武家屋敷とかに行ったことを指すらしい。本人は、

「薄謝だけど、ただで旅行ができちゃった」と言っていた。

「車の運転も好きだから、足はあるわけだし」

「まあねえ」

東京の外に目を向ければ、物件の幅は驚くほど広がるのだと理枝は力説する。

「千葉とか埼玉とか、ほんのちょっとでただけでも違うの。静岡あたりまで行くとさらに違うし」

たとえばなんだけど、と言って、理枝はスマートフォンをスクロールする。

「この東川町なんかだったらね、あたし、広大な土地が買えるわ。一人だから広大な土地は要らないんだけど、でもこの町は水が豊かで、水道代がかからないんですって」

どういう意味かわからなかった。

「水道代がかからない?」

それでそう訊き返すと、

「そう。蛇口をひねると地下水がでるシステムみたい。ちなみにこの東川町はね、写真の町でもあるんですって」

「何の写真?」

「さあ。でも〝写真の町〟っていうのがキャッチフレーズなの」

「それ、どこにある町なの?」

「北海道」

民子はびっくりしてしまう。結婚か別れかで悩むまどかを極端だと思ったが、理枝はもっと極端なのだった。

9

花瓶に差したのは庭から切ってきたヤマボウシで、この花の潔いまでの白さには、見るたびに目を奪われる。

「きれいね」

と言ったのは、義母ではなく同室の浜本さんだった。義母は元気だったころから植物に関心が薄い。それなのに、なぜ私はここにしょっちゅう植物を持ち込むのだろう、と自問した早希は、自分を励ますためだという答にあっさりたどりつき、自問などしなければよかったと思った。

きょうの義母は調子がよさそうで、医師に勧《すす》められて最近始めたワークドリル(絵のなかの花の数を数えたり、点と点をつないで反転させた文字を書いたりするもので、認知機能を鍛える効果があるらしい)を二ページこなしたいま、浜本さんを相手に息子の自慢をしている。

「ともかく優しくて、力持ち」

とか、

「おかげさまで浪人することもなく、このあいだ国立大学に合格しました」

とか。嘘《うそ》というわけではないにしても、それはもう四十年近く前のことだ。

「まあ、それはおめでとうございます」

浜本さんは穏やかにこたえる。調子を合せているというより、目の前の言葉につい反応してしまったという感じだ。この二人のやりとりは、いつもたいていそんなふうになる。どちらかが飽きて黙り込んでしまうまではということだけれども。

きょう、早希は介護スタッフの一人に、「お義母《かあ》さま、最近よく何かしようとされます」と言われた。「何かしようと、する?」訊き返したのは意味がわからなかったからだが、相手の口調や表情から、それが喜ばしい報告（これまで嫌がっていた体操をしようとするとか、幾つかある趣味の講座に参加しようとするとか）ではないらしいことがわかった。「はい。ガスをつけっぱなしにしたかもしれないとか、お客さまが来るからとかの理由でご自宅に帰ろうとしたり、お米屋さんに支払いをするのを忘れたから代りに払ってきてほしいと言って、スタッフにお金を渡そうとしたりされます」彼女は言い、早希は詫《わ》びたが、詫びる以外にどうしていいのかわからなかった。義母にかつてのような「ご自宅」はもうないのだ。

「あの子はいまアメリカに行ってるんです」

義母が言った。浜本さんはもう聞いていないようだったので、

「誰がですか?」

と早希が訊くと、

「私の息子。アメリカにいて、なかなか帰れないからここにはあんまり来られないけど、手紙はしょっちゅうくれるのよ」

と義母はこたえた。義母に子供は一人しかおらず、それは早希の夫の徹《とおる》で、彼はいまも昔も日本以外の場所に住んだことがない。

「まあ、そうなんですか?」

あやふやな相槌《あいづち》になった。否定しても仕方がないと思ったからだが、ではこの人は、息子の嫁である自分のことを一体誰だと思っているのだろう、と早希は不思議に思う。そして、そろそろ夫の尻を叩《たた》いてここに来させなければ、とも。

「きょうは暖かいからお散歩に行ってみます?」

早希は訊いてみる。

「うーん。どうしようかしらねえ」

義母はこたえ、けれどその言葉とはうらはらに、自ら素早く布団をはいで、身仕度されるのを待ち構える。

「ちょっとお散歩に行ってきますね。すぐ戻りますから」

浜本さんにも早々と挨拶をした。早希は手順通りにまずカーディガンを着せ、手鏡を渡す。義母が鏡をのぞいているあいだに靴下をはかせ、車椅子を借りてくる。義母は自分で歩けるし、走ることすらできる(というか、ちょっと目を離すといきなり小走りして転ぶ)のだが、すこし前から、散歩は車椅子と決っている。途中で突然疲れ、一歩も動けなくなったことがあるからで、そうなると、大柄な義母を早希一人では連れて帰れないのだ。

膝を膝掛けでおおい、念のためにウインドブレイカーも持って、ようやく準備完了になる。義母は最近、外気温とは関係なく、暑がったり寒がったりするからだ。


五十二分。電話を切った民子は、液晶画面に表示された通話時間を見て驚く。五十二分も話していたとは！　民子は昔から長電話というものが苦手で、電話口で黙りがちなので相手も気まずくなるらしく（理枝だけはその限りではないのだが）、用事が済むと互いにそそくさと切るため、通話時間は通常五分にも満たない。メイルやラインが普及して以来それに拍車がかかって、いまでは誰かと電話で話すこと自体めったにない。それなのに五十二分——。

かけてきたのは百地で、用事は——というか、彼が最初に口にしたのは——きょうは天気がいいから洗濯をした、ということだった。天気のいい日に洗濯機の回る音を聞くと、自分の家が満ち足りた場所に思えるのだと百地は言い、では雨の日は満ち足りた場所に思えないのかと民子が訊くと、雨の日は丁寧にコーヒーを淹《い》れれば満ち足りるという返事で、では雨の日に丁寧にコーヒーを淹れなかったり、晴れた日に洗濯機を回さなかったりした場合はどうなのかと訊くと、百地はすこし考えて、そういうことはない、とこたえた。

それから、このあいだのお好み焼パーティと早希ちゃん訪問はたのしかった、という話になり、ひさしぶりに会った彼女たちに対する百地の印象——そのなかには、「理枝ちゃんは昔かたぎの闘犬」とか、「早希ちゃんは紅茶に添えられたレモンみたいな感じ」とか、本人たちが聞いたら気を悪くしそうな感想も含まれていたが、そこに悪意はなく、言い得て妙でもあったので、民子はつい笑ってしまった——を聞いたり、民子の方でもあの日の百地の奮闘ぶり——女三人を相手に、昔の百地からは考えられない社交性を発揮したし、焼いてくれたお好み焼もおいしかった——に感心したり、みんなで話したことの幾つかをなんとなくくり返して笑ったりしているうちに、あっというまに時間がたっていた。

百地、いいふうに壊れたわね。

あの日、家に帰ってから、理枝はそう言っていた。男の人って年を取ると壊れるのよ、とも。理枝の言う「壊れる」がどういう意味なのか民子にはよくわからなかったが、百地は確かに随分変ったとは思う。昔はもっと身構えていたというか、自分についてあけすけに——たとえば雨の日も晴れの日も満ち足りているというようなことを——語ったりしなかった。

「民子？　あけるわよ」

ノックの音に続いて、母親が顔をだした。

「ちょっとデパートに行ってくるけど、何か買ってきてほしいものはある？」

薄く化粧を施し、外出用の若草色のブラウスを着ている。

「デパート？　何しに行くの、そんな足で」

「もう痛くないもの、大丈夫よ。ずっと閉じ籠もっていたら気が塞ぐし、陸斗くんも普通に身体を動かした方がいいって言ってたし」

「陸斗くんはお医者さまじゃないのよ？」

ついとがった声がでてしまう。陸斗くんが母親に「懐きすぎ」だとまどかは言っていたが、それは母親が彼に頼りすぎるという意味でもあったに違いなく、誰かにそんな指摘をされるのは不名誉なことだ。

「また転んだらどうするの？　駅には階段があるし、バスにだってステップがあるのよ」

母親は驚いたように民子を見て、

「そんなこと、私が知らないとでも思ってるの？」

と言った。

「母親をばかにするのもいい加減にしてちょうだい」

と。そこまで言われては仕方がなく、民子は折れた。

「わかった。じゃあいっしょに行くからちょっと待ってて」

民子としては譲歩したつもりだったのに、母親は目に怒りをたたえ、

「いやよ」

と言った。

「デパートくらい一人で行かれます。付き添いなんて冗談じゃないわ」

民子はあっけにとられる。母親が、なぜこんなことでむきになるのかわからなかった。

「何の騒ぎ？」

理枝が顔をだし、やや遅れて香水の匂いが民子の鼻先に届く。

「おかえりなさい」

母親は、さっきまでの怒りなどおくびにもださず、にこやかに理枝に言った。

「なんでもないの。ちょっとデパートに行こうとしただけなのに、民子がつまらないことを言いだして」

「つまらないことって?」

理枝は訊き、

「素敵なブラウス。とってもよくお似合いだわ」

と言って目を細める。そして、

「デパート、いいな。私も行こうかな」

と続ける。

「車で行けば、ほら、彼女はラゲッジスペースが広いから、じゃんじゃん買ってもみんな積めるし」

と。理枝のなかで、あの車は女性なのか、と民子が思ったとき、

「いいわね。すぐでられる?」

と母親が訊き、

「もちろん」

と理枝がこたえて、話はあっというまに決ってしまう。「薫さん、いつもどこのデパートに行くの?」とか、「よかった。あたしもあそこがいちばん好き」とか——。一人で行きたいんじゃなかったの、という言葉を民子は辛うじてのみこむ。付き添いなんて冗談じゃないんでしょ、と

いう言葉も。

すこし前に文旦を送ってくれた親戚と、手染めのハンカチ（自分の趣味ではないけれど）を送ってくれた友人に、お礼の品を送りに行きたいのだと母親は理枝に説明した。デパートに行く目的を民子が聞いたのはこれがはじめてだったが、

「民子はちっともわかってくれないけど、こういうことは大事なの。礼儀としてだけじゃなく、誰か気にかけてくれる人がいると思えることは、互いにとても意味のあることでしょう？」

と母親は言い、その通りだと理枝は請け合って、

「でも薫さん、偉いわあ。大事だとわかっていても、そういうことってつい今度今度って先のばしにしがちなのに」

と感心してみせたりもして、気がつけば二人は仲よくでかけて行き、民子は仕事部屋に一人取り残されている。


清家朔は、ガールフレンドの遠藤《えんどう》あいりと渋谷《しぶや》を歩いていた。この街はつねに尋常じゃなく人が多いが、朔はむしろその点をこそ気に入っている。人混みにまぎれ、自分たち二人がそこにいてもいないみたいに感じられるというか、街の景色の一部にすぎなくなるところが。

「平日の夕方はやっぱりいいね」

二階がフランス料理屋になっているパン屋の前で、パンの匂いを吸い込みながらあいりは言った。

「みんな忙しそうで、目的ありげに歩いてるところがいい」

と。普段、二人が渋谷に来るのは週末が多い。平日は、部活やピアノや家庭教師の来る日などであいりが忙しいからで、けれどたまにきょうのように、彼女の言う「放課後フリーの日」が訪れる。

「ほんとだね。渋谷は平日の夕方がいちばんだな」

朔は心から同意し、

「でもなんでだろう。俺らは目的もなく歩いてるのに」

と疑問を口にした。

「だからじゃない？」

大きな伊達《だて》眼鏡（これは、朔がスカートをはいているときにだけあいりがかけるものだ。私も変装したいと言って）ごしに目を見ひらいて、あいりは声を弾ませる。

「仕事とか誰かとの約束とか、わかんないけどみんな何かに追われていて、何にも追われてない私たちの時間とうれしさが輝きを増すっていうか」

輝きという言葉に苦笑しつつも、朔は感心してしまう。そんなふうに考えたことはなかったが、その通りかもしれない。

「あー、いい匂い」

あいりはまた息を吸い込み、

「だめだ。クロワッサン一個買うから半分ずつたべよう」

と言って、すたすたと店に入っていく。

大学まで一貫教育の私立校に、朔は小学校から、あいりは中学校から通っている。中学時代はずっとクラスが別だったが、文化祭の実行委員や地域奉仕活動などでよく顔を合せ、朔はあいりを話しやすい子だなと思っていた。中三の夏につきあってほしいと言われて承諾した。キスとか、肉体的な関係は持っていない（ときどきあいりがふざけて、顔に顔をこすりつけてくることはある）。朔にとってあいりは、同性の友達とは別枠の親友みたいな感じだ。

埃《ほこり》っぽいガードレールに腰をあずけて、クロワッサンを半分ずつたべる。ぱりぱりの皮がはがれて、シャツにもスカートにも落ちる。あいりには幾つか個人的な「鉄則」があり、クロワッサンは買ったらすぐさまその場でたべる、というのがその一つであることを、朔はもう知っている。外で物をたべていても誰も気にしないところも、渋谷という街のいいところだと朔は思う。しょっちゅう新しい店ができるので、歩いていて飽きないところも。たとえばきょうは、本格的（に見える）カウボーイブーツの店を発見した。値札を見た朔は高価さにのけぞったが、あいりは臆さず試し履きをし、「硬すぎる」と感想をもらして店員を苦笑させた。

「見て、空」

あいりは言い、朔の肩に頭をのせる。五月の夕方の空はまだ昼の光を含んでいてあかるいが、ビルの隙間に白く細い三日月がでていた。

「みんなも見ればいいのにね」

あいりがさらに言い、朔は「うん」とこたえたが、他の人たちは見なくてもいいと思った。自分とあいりだけが見ているほうがいい。

肩にあいりの頭をのせたまま、朔はしばらく動かずにいた。タータンチェックのスカート（女子用の制服で、あいりに協力してもらって購入した）をはき、シャツは男子用だけれど、ネクタイではなくリボン（これも購入した）を衿元《えりもと》に結んでいるので、自分たち二人が仲のいい女子高校生同士に見えることはわかっていて、それが朔を身軽な気持ちにさせる。

「このあとどうしようか」

あいりが言った。

「ロフトをのぞくか公園まで歩くか、前に行った松濤《しょうとう》の鞄屋《かばんや》さんを見るのでもいいけど」

と。そろそろ五時になるところで、家には図書館で勉強して帰ると虚偽の連絡をしてあるので朔としてはどれでもよかったが、

「腹へらない？」

と訊いてみた。

「えーっ」

あいりは大袈裟《おおげさ》に驚いた声をだす。

「いまおいしいクロワッサンをたべたのに？」

「うん。それが呼び水になったっていうか」

朔が言うと、あいりは真面目な顔で朔を見て、

「そうか。うん、そうだね、朔は男の子だからお腹《なか》がへるんだね」

と言う。女の子だってへるだろう、と思ったが口にださなかった。

「いいよ、じゃあ何かたべよう」

あいりはあっさり承諾する。ファストフード店やチェーンのラーメン店、サンドイッチやパスタをだす喫茶店など、気軽に入れる店が多いところもこの街の魅力だと朔は思う。


衝撃は夕食のさなかにもたらされた。ひさしぶりに帰ってきた長男が、いきなり（しかも、さもなんでもないことのように）、

「俺、結婚するから」

と言ったのだ。長男以外の全員の箸を持つ手が止まったが、

「え？」

と訊き返したのは早希だった。

「結婚するって言ったの」

長男はよく響く明瞭な声でこたえ、

「たぶん年内に。式とかは無しで役所だけ」

と、これもまた明瞭に説明を加える。早希は二の句が継げなかった。結婚？　長男の開《かい》は去年就職したばかりだ。仕事だってまだ一人前にはこなせていないだろうに、いったいなぜ急に結婚なんて——。

「めでたいじゃん、誰と？」

次男が訊き、早希は自分がその質問を無意識に避けていたことに気づく。聞きたくなかったのだ。

「誰ってお前の知らない人だけどさ、連れてくるよ、今度」

長男は朗らかに言う。

「おなじ会社の人？　何歳？　きれい？　写真ないの？」

矢継ぎ早に質問しながら、なぜか次男はけたけた笑い始める。

「開が結婚？　おもしれー」

早希はすこしもおもしろくなかった。夫に、なんとか言ってほしかった。まだ早いとか、そんなことを急に言われても困るとか。そもそも、開に真剣な交際相手がいることさえ知らされていなかったのだ。

が、夫は最初の驚きが去ると、次男の興奮が伝染したかのように頬を緩め、

「いつ紹介してくれるんだ？」

と訊いた。

「いつでもいいよ。父さんと母さんの都合のいいときに連れてくる。週末がいいけど」

長男がこたえ、早希にとって不可解きわまりないことに、相手の女性について何もわからないまま、男三人のあいだには、祝い事めいた空気があわあわと漂っているのだった。

10

プールを歩いて一往復し、次に片道二十五メートルを、のしか平泳ぎでゆっくり泳ぐ。復路の二十五メートルは、たいてい仰向《あおむ》け（になって進むだけなので、背泳ぎとも呼べない背浮き状態）で戻る。休憩し、おなじことをもう一度くり返してあがる、というのが薫のいつものメニューなのだが、それを終えても、きょうはプールを離れ難かった。

ようやく戻ってこられた。

大袈裟かもしれないが、そんな心持ちだ。たかがプールに来ることさえ、ややもすると二度とないかもしれない、と思わされるのが高齢者なのだと、今回の捻挫で薫は痛感させられた。たとえばデパートに行く程度の、これまでずっとあたりまえにしてきたこと（そう、民子が生れる前からずっと、してきたこと）が、突然大それた行動あつかいになる。おそろしいのは、自分でもときどきうっかり弱気になりかけるところで、八十にもなった女がこんなことをしていいのかしらとか、老いては子に従いって言うけれど、それはいつからなのかしらとか、気がつくと不本意なことを考えてしまっている。

でも、見て。

水のなかに立ち、薫は自分に向って思う。すくなくともここには戻ってきた。一人で、無事に。それに、想像していた通り、怪我《けが》をした右足に体重をかけることが、水のなかならばちっともこわくなかった。泳ぐとき、足首が思うようにしならないかもしれないと医者は言っていたが、とくに不自由は感じなかった。しなりなど、もともとたいしてなかったのかもしれない。

あがる前に、もう一往復だけしようと薫は決める。壁を蹴り、すうっと身体を伸ばした。グループレッスンと重ならなければここのプールはたいてい空《す》いているのだが、きょうは六つあるレーンのうち二つしか使われていない。薫の他には一人しか泳いでいないわけで、静かなものだが、だからこそその一人の立てる水音が際立つ。それは決して嫌なことではなく、むしろ安らかなことだ。たとえばジャングルとか、野山とかでたまたま行き合った、二匹の別種の動物くらい礼儀正しい距離のある存在感だと薫は思う。

両腕を大きくゆっくり動かして水をかく。平泳ぎのことを、子供のころはカエル泳ぎと呼んでいた。一般的な別称なのか薫の育った地域でだけ使われていた呼称なのかわからない。薫は土佐清水の生れで、海は遊び場というより、常にそこにあるものだった。自分がその後の人生のほとんどを海の見えない街で過ごすことになるなんて、当時は想像もしなかった。

泳ぎながらプールサイドを見ると、こちらを見ていた陸斗くんと目が合った。ここのプールに監視台はないのだが、スタッフが一人か二人、プールサイドに立ったりぐるぐる歩きまわったりして、常に見守っていてくれる。

夏みたいに暑いかと思えば上着を着ても肌寒い日もあって、五月の季候は油断ならないと民子は思う。ひさしぶりに映画を観《み》たのだが、試写室に入ったときには汗ばんでいたのに、およそ二時間後におもてにでると、夜の始まりの空気はいきなり冷え込んでいた。

「寒」

つい声にだして呟くと、

「諏訪《すわ》さん、薄着」

という声がすぐうしろから聞こえた。ふりむくと、あきらかによく知っている人なのに名前の思いだせない若い（といっても四十くらいだろうか）女性が立っていて、

「まあ、おひさしぶり」

と、なつかしさは本心なので、名前を思いだせないまま民子は言った。新聞社に勤めていた人で、でも随分前に転職したという噂《うわさ》を聞いた。ええと、名前は何だっただろう。

「ご無沙汰しています」

女性は小さく頭を下げる。なかにいるときには気づかなかったが、おなじ試写室からでてきたらしい。

「新聞社、辞められたのよね」

わかっていることだけを口にすると、

「そうなんです。いまは……」

と言いながら、かつてそこそこ親しかったのに名前の思いだせない誰かはハンドバッグをごそ

ごそ探る。鮮やかな黄色のケースからとりだされた名刺を見て、安堵と共に思いだした。合田《ごうだ》さんだ。合田敦子《あつこ》さん。みんなにあっちゃんと呼ばれていた(民子はそんなふうに呼んだことはないが)。どうして忘れていたんだろう。二人ででではなくいつも大人数でだったとはいえ、以前はよくいっしょに食事をしたり、遅くまでのんだりしたものだったのに。

「株式会社、ポル・スプエスト？」

名刺をくれたのは名前を確認させるためではないだろう、と気づいて民子が尋ねると、イヴェントの企画やプロデュースをする会社だと教えられた。

それにしてもひさしぶりとか、全然変らないのねとか、誰それはどうしてるとか、しばらく立ち話をしたあとで、ちょっと一杯のんで行く？　ということになったのは、午後五時四十分という絶妙な時間(火灯《ひとも》し頃だ)のせいだったかもしれないし、民子の場合、単に肌寒かったせいかもしれない。

昔、ここで試写を観たあとによく行った、ガード下の赤ちょうちんをめざすことにする。昔というのは十五年くらい前、民子の仕事が小説よりも映画や演劇のレヴュー中心だったころで、週に六本も七本も観て、観に行けば誰か知り合いに会い、会えばのみに繰りだしていたころだ。ライター仲間や評論家、映画配給会社の人や編集者、いまは有名だけれど当時はまだ無名だった映画監督や、飲食のできる場所ならどこにでも行きますという勢いだった役者たちなどなど。当時新聞社の文化部にいて、映画・演劇欄を担当していた合田敦子もよくそこにいた。民子自身もいまよりも若く、いくらでも酒がのめたし、いろいろな人とのむことがたのしかった。

ぼろぼろの大きな赤ちょうちんと、半分あけられた引き戸、白い小ぶりな暖簾《のれん》。めあての店は、民子の記憶と寸分違《たが》わない様子でおなじ場所にあり、それを期待して来たというのに、なぜか意表を突かれてしまう。

「なんかタイムトリップ。うそみたい」

合田敦子もおなじ驚きを感じたようで、そんなふうに呟く。

「先に入ってて」

民子は言い、母親に電話をかけた。五月の夕空はまだあかるい。母親はすぐに電話にでた。昼間ひさしぶりにプールに行ったので機嫌がよく、夕食は済ませて帰るから要らないと告げると、「あら、そうなの?」に続けて、「でも、じゃあちょうどよかった」とこたえた。

「ちょうどよかった?」

訊き返すと、

「陸斗くんがね、お仕事帰りに寄りたいって言ってて、もうじき来ると思うんだけど、きょうは理枝ちゃんが外食だから、柳ガレイを二尾しか用意してなくて」

と言う。

「陸斗くん、何しに来るの?」

「さあ。相談があるって言ってたけど、何の話かは訊かなかったわ。プールで、彼は忙しそうだったし」

スポーツクラブのスタッフがいかに勤勉か、という話を母親は始める。陸斗くんに限らず他のスタッフもみんな、「プールの利用者をただ見守ってるだけじゃなく、ちょっと観察していればわかることなんだけど、照明の調整をしたり窓の開け閉めをしたり、コース上の看板を入れ替えたりね」。「看板っていうのは初心者用とか上級者用とかウォーキング用とかの区別なんだけど、どういう人がどのくらい来てるかによって、いちばんいい案配にしてくれて」。

陸斗くんの相談というのは、まどかとの関係のことに違いなかった。というのも、自由が丘でコーヒーをのんだ翌日だったか翌々日だったかに、陸斗に最後通牒《つうちょう》をつきつけた、という報告を、民子はラインでまどかから受けていたからで、最後通牒の具体的な内容は書かれていなかったものの、おそらく結婚を迫ったのだろうと民子は想像している。私たちの将来をどう考えているの？　とか。

「他にもレンタル品の貸出しをしたり、もちろん初めての利用者にいろいろ説明したりね」

母親はあかるい声で、まだスタッフの仕事について話していた。ひさしぶりのプールが、余程たのしかったらしい。

「そんなに遅くならずに帰るから」

話の途切れ目を待って民子は言い、

「陸斗くんによろしく」

とつけ足して電話を切った。

店に入ると、テーブルに生ビールのジョッキがすでに二つ運ばれていた。

「禁酒したなんて言いませんよね？」

尋ねられ、民子は俄然《がぜん》うれしくなる。

「まさか」

と応じて腰をおろし、おしぼりを使ってからジョッキを合せた。名前も忘れていたような相手と、思いがけずのんでいることが自分でも意外なほど心愉《たの》しかった。なんだか旅先にいるみたいだと思う。空豆とかたたみいわしとかシマアジ刺とかをつまみながら、最近の互いの仕事の話や、たったいま観てきたばかりの映画の話などをする。映画はフィンランドの女性画家を描いたもので、とてもよかった。民子はそもそもその画家の絵が好きだったので絵について語り、合田敦子はフィンランドという国が好きなのだそうで、映画にでてきた風景や、でてこなかった風景について語った。ビールを日本酒に切りかえ、たこの唐揚げとおでんを追加注文する。会わずにいた年月のあいだに結婚したという合田敦子は、夫（年下のコンピュータ・プログラマーで、趣味は将棋）についてもぽつぽつ語り、そろそろ子供を作ろうと考えている、ということまで打ちあけてくれた。

時間が流れているのだなあと民子は新鮮に感じる。母親と二人暮しの日々はまさに十年一日の如《ごと》しだが、そのあいだにも確実に時間は（自分たちの外側でだけ、という気がするが、無論そんなはずもなく）流れている。

「あ、うちのアクアリウム見ます？」

合田敦子が言った。

「アクアリウム？」

「もともと夫がネオンテトラとコリドラスを飼ってたんですけど、いろいろあって全滅しちゃって、いまはエンゼルフィッシュが一匹と、ホワイトプリステラが十五匹います」

スマートフォンに保存された熱帯魚たちの写真は妖しく美しかった。ホワイト何とかだと言われた魚は身体が透明で内臓が透けて見え、専用の水槽に入れられたエンゼルフィッシュ（夫婦共に思い入れのある一匹で、うららという名前がついているそうだ）は、どの写真でも巨大に見える。とはいえ家庭で飼っている熱帯魚なのだから、大きく見えるのは接写だからだろうと思い、

「この子（なにしろうらら）、どのくらいの大きさなの？」

と尋ねた民子は、誇らしそうな返答（「三十センチ近くあります」）を聞いてたじろぐ。

「お酒、おなじものでいいですか？」

空になったとっくりを持ちあげ、合田敦子はにこやかに訊いた。

自分以外に誰もいない家で風呂に入っているとき、心細い気持ちがするのはどういうわけだろうかと、湯舟につかりながら薫は考えている。この家の風呂場が半地下にあり、おもての物音が届かなくて静かすぎるからだろうか。何か（というのはたとえば火事とか地震とか）があったとき、裸では逃げられないから？　それとも単に、風呂に入るのが（ほぼ）夜だからだろうか。

風呂場には、すこし前までなかった金属製のカゴが置いてあり、掃除用のバケツなみに大きいそのカゴのなかには理枝の風呂用品が入っている。一体なぜそんなに必要なのかと呆《あき》れるほどの量で、好奇心からちょっとのぞいてみたところ、シャンプーやトリートメントやコンディショナ

ー、ボディシャンプーのボトルの他に、マルチオイルとかアロマオイルとか、角質除去クリームとか水素発生剤とか、背中用ブラシとかローラーのついた美容器具とか、吸盤つきのビニール枕とかが詰め込まれていた。気になるものがあったら遠慮なく使ってくださいね、と理枝には言われていたが、効能も使用法もよくわからないそれらを使う気は毛頭ない。ただ感慨深くはあって、それはつまり、民子とあまりにも違うなという感慨なのだった。

理枝とデパートに行った日のことを、薫は思いだす。地下の食料品売り場で贈答品を発送したあと、たくさん買ってもみんな車に積めると言っていた理枝は何も買わず、早々にデパートをでて、ネイルサロンというところに連れて行ってくれた。私はいいわと、薫ははっきり拒否したのに（遠慮ではなく、ほんとうに億劫《おっくう》だったのだ）が、何事も経験とか手足が軽くなるとか、心の栄養とかリラックスとか、色を選ぶだけでもたのしいからとか、お友達を紹介するとあたしがクーポンをもらえるのとか、例によって理枝はまくし立て、彼女にそうされるとどういうわけか抗《あらが》えない薫は結局承諾してしまった。

マニキュアなどもう何十年も塗っていないし、塗りたければ自分で塗ると思ってもいたので、そんな場所に行くのははじめてだった。実際に行ってみて、手足が軽くなった気も心が栄養をもらった気もしなかったし、リラックスどころか、そこにいるあいだ、薫はむしろ緊張を強いられた。湯につけたあとの濡れた足を、ひざまずいた他人が自分の膝にのせて拭いてくれたりするのだ。申し訳ないやら恥かしいやらで、薫はいたたまれなかった。手指のマッサージにしても、マッサージというより表面ばかりこすられたので皮膚が痒《かゆ》くなった。

が――。それらすべてを思い返すとなんとなく可笑《おか》しく、こうして湯舟につかっているいまも、手足の爪がつやつやしているのはうれしい。もう一度行こうとは思わないが、一度きりの奇妙な経験をなぜか理枝としたことで、薫は民子を除《の》け者にしてしまったようでやや気が咎《とが》める。本人は、ネイルサロンになど行きたがらないだろうけれども。

そんなことを考えていると、脱衣所のドアをノックする音が聞こえた。次いで中折れ式のガラス戸がひらき、

「ただいま」

という声と共に民子が顔をのぞかせた。

「おかえりなさい」

薫はこたえる。

「誰とお食事してきたの？」

「昔の知り合い。偶然ばったり会ったの」

昔の知り合い――。どうしてこの子はそんなこたえ方しかできないのだろうと薫は思う。その人にだって名前はあるだろうし、学生時代の友達なのか仕事仲間なのか、どこでばったり会って何をたべてきたのか、話してくれたってよさそうなものなのに。

「それで、陸斗くんの相談って何だったの？」

何が「それで」なのか、民子は話を変えてしまう。

「べつに、大した相談じゃなかったわ」

こたえると、

「まどかちゃんのことじゃなかった?」

とさらに訊かれた。

「まどかちゃんのことだったわよ。彼女が結婚したがっていて、でも自分はいまその気になれないとか何とか」

「それで?」

「それでって?」

「ママは何て言ったの?」

「べつに何も言いませんよ。結婚なんて急ぐ必要はないんだから、したくなったときにしたらいいわって言っただけ」

あー、という弱々しい声を民子はだした。

「なあに? なぜそんな声をだすの?」

「いい。なんでもない」

民子はまた一方的に話を切りあげてしまう。何が「あー」なのか説明してほしかったが、そろそろのぼせそうだったので、ガラス戸を閉めていなくなった民子を呼び止めることまではせず、薫はざばりと音を立てて湯舟からでて、石鹸《せっけん》に手をのばした。

理枝の記憶のなかの母親は、冷静な人だった。よく言えば現実的で、悪く言えばどこか冷めていた。理解があり、十分いい母親だったと理枝は思うが、たとえば薫さんのような、家庭的なタイプではなかった。ゴルフと旅行が趣味でよく家を空けたし、当時としては珍しく、子供には子供の、大人には大人の生活があると考えているらしい生活ぶりだった。父親のことを全面的に愛していて（理枝も弟の樹《いつき》も、母親のその愛情表現にだけはしばしば閉口させられたというか、いまふうに言えば、〝キモい〟とか〝エグい〟とか思わされたものだったが）、いまになって考えてみれば、たとえば子供たちの食事は（ときに）出来合いの総菜だったり冷凍ピザだったりしても、父親が在宅のときには全力で料理の腕をふるう女だった母親は、なかなかあっぱれだったと思う。

そんなことを思いだしたのは、理枝が帰宅すると、珍しくまだ起きていた薫さんと民子が台所で刺々《とげとげ》しい雰囲気になっていたからだ。

「なあに？　今度は何事？」

そう尋ねたのは、すこし前にもデパートに行くとか行かないとかをめぐって二人が刺々しくなっていたからで、

「なんでもないの。民子がまたつまらないことを言いだしただけ」

という薫さんの返答も、前回とほぼおなじだった。

「つまらないことって？」

理枝がそう訊いたのも。

民子は無言で椅子に坐っていて、そばに立っている薫さんは風呂あがりらしく、すとんとしたワンピース型の、ガーゼ地の寝巻姿だ。もともと小柄な女性だし、年齢を考えれば驚くには値し

ないが、全身の肉という肉が削《そ》げ落ちてしまったような体型の薫さんは、寝巻姿だといかにも無防備に見える。理枝には、こんなに弱々しく見える人に対して、民子がなぜ子供じみた仏頂面でいられるのかわからなかった。

あとは任せたとばかりに薫さんが寝室にひきあげたので、理枝はワインをあけて（せめてそのくらいのご褒美はあってしかるべきだろう）、民子の言い分を聞くことになったのだけれども、聞いてみればほんとうに「つまらないこと」（まどかちゃんと陸斗くんがそれぞれの相談事をこの母子にべつべつに持ち掛けた）で、理枝はすっかり呆れてしまう。

「なんで他人の問題で二人が揉《も》めるのよ」

「揉めたわけじゃないけど」

「揉めてたじゃないの」

母子の距離が近すぎるからだろうと理枝は思う。理枝自身は、思春期と呼ばれるころを含めても、母親と口論じみたことをした憶えがない。父親ともだ。口論になるような近さに、ないものねだり的なうらやましさを全く感じないと言えば嘘になるかもしれないが、それでも正直なところ、ノーサンキューだとやっぱり思う。もしかすると、そういうところは理枝も母親に似て、冷めているのかもしれなかった。

「それより聞いて」

話題を変えるべく理枝は言った。

「きょう、ひさしぶりにちょっとときめいちゃったの」

深入りするつもりはなかったが、男女間の軽いロマンスは、ないよりあった方がいい。

「五十七歳、バツ二の保育園長。どう思う?」

昼間のときめきが甘やかに甦《よみがえ》り、つい表情が笑み崩れてしまう。積極性においては人後に落ちないつもりの理枝ですら、たじろいだほどストレートなアプローチだった。

「夕食の予定があったのに、あたしキャンセルしちゃったの。二人で抜けだしたっていうかね」

言葉にすると、あらためて気持ちが浮き立つ。

「ね、どう思う?」

「どう思うって言われても」

つきあいがながいだけあって民子はさして驚かず、

「保育園の園長さんと理枝って、なんかミスマッチな気がするけど」

とだけ遠慮がちに言った。が、〝ミスマッチ〟は理枝のなかで苦もなく〝新鮮な組合せ〟に変換されたので、

「そうなのよ」

とこたえてにやにやするのに、何ら支障はなかった。

11

香坂富志男《こうさかとしお》との出会いについて、マルヴァジーア・セッコをのみながら理枝は語った。かつての上司に頼まれて、ある経済セミナーの講師を務めたこと（講師料が思いの外高く、すこし前にアルバイトとして引受けた、通訳および接待係の〝謝礼〟の十倍ももらえたこと、生き馬の目を抜くロンドンの金融業界で、幾多の困難にもめげず長年働いてきてよかったと思ったことも忘れずにつけ加えた）や、参加者のなかに一人だけ毛色の違う外見の男（なにしろポニーテイルにライダースジャケット）がいたこと、講演中にその男とやけに目が合って、その視線が不躾《ぶしつけ》でも不快でもなく、むしろある種の安心感と、理屈に合わないなつかしさを感じさせたこと――。

「あー」

民子が変な声をだしたが、理枝は構わず続けた。講演後に男がまっすぐ近づいてきたとき、てっきり質問があるのかと思ったのだが、そうではなく、いきなり食事に誘われたこと、いったんは断ったものの、なんとなく別れ難さを感じたこと。

「結局、名刺だけもらって別れたんだけど」

と言った理枝をさえぎって、

「はい、はい」

と民子が意味不明の相槌を打ったので、

「何よ、はいはいって」

と理枝は訊いた。

「その先は聞かなくてもわかるっていうこと」

民子はしたり顔をする。

「控え室に戻って、主催者にお茶か何かだされて、お疲れさまでしたとか何とか労《ねぎら》われているうちに、断ったことを後悔し始めたんでしょ？」

図星だった。

「それで、そうしないい理由を全力で探したけれど見つけられなくて、理枝の方から電話をした」

「驚いた。よくわかったわね」

理枝は感心する。さすがは約四十年のつきあいの友だ。

「で、どうだったの？」

尋ねられ、つい頬《ほお》が緩んだ。

「たのしかったわ。ひさしぶりにときめいちゃった」

連れて行かれたのはかわいらしいビストロで、それがまず意外だった。カウンターのみの気取った鮨屋か、そうでなければ雑然とした居酒屋を好むタイプの男に見えたからだ。パテとかラペとかタブレとか、カタカナの料理をあれこれつまみ、赤ワインをのんだ。香坂は金融市場に詳しかった。市場の動向よりも歴史に興味があるとかで、十九世紀初頭のビル・ブローカーからディーラーへの変遷、オーバレンド・ガーニー商会についてなど、講師の理枝よりもずっと知識が豊富だった。が、無論、現場については門外漢であり、講演中に理枝が披露した幾つかの裏話をおもしろがったり、貨幣という概念に対する素朴な疑問を口にしたり、マーチャント・バンカー台頭以降のユーロカレンシーと、その中心地であるシティの役割（および近未来の展望）について知りたがったりした。

というような話をしたところ、民子はすっかり退屈し、リビングに布団を敷き始めてしまった。

「べつに金融の話ばっかりしてたわけじゃないのよ。彼の仕事の話とか、結婚歴が二度あることとかも聞いたし」

と言ってみたのだが、民子の興味を引くことはできなかったので（「いまのところはまだ、私が知らなくてもいい情報だわ」）、

「メインは小羊で、おいしかったわ」

と言って理枝は話を切りあげることにした。が、

「一つだけ教えて」

と民子が言った。

「そのビストロのあと、どこかに行ったの？」

と。

「は？」

耳を疑った。

「あたしを何だと思ってるの？　初対面の男とどこに行くっていうのよ。帰ってきた時間を考えたってわかるでしょう？」

これは名誉の問題だ。そう思ったので断固抗議したのだが、民子は、

「そうなの？」

と言った。

「だって、あなたには幾つも前科があるじゃないの。『離れられなかった』とか言って、会ったばかりでも突き進んだでしょ」

確かにそんなことも（一度ならず）あった。男と女はタイミングがすべて、とは言わないまでも、それに近いものがあると理枝は思っている。タイミングをのがさず突き進んだ過去を、後悔はしていない。それでも——。

「そんなのみんな昔のことじゃないの」

そう反論せずにいられなかった。

「そりゃああたしは行動の迅速な女よ。それを他人にどう思われようと気にしないけど、民子はべつだわ。そうでしょ？　よりによって民子にビッチよばわりされるなんて、情けなくて泣きたくなっちゃうわ」

「わかった、わかった。悪かったわ」

民子は言い、まるで子供にするように、理枝の頭にぽんぽんと触れる。

「でもビッチよばわりなんてしてないでしょ。今回も迅速に行動したかどうか訊いただけだわ」

「まあ、そうだけど」

理枝は認め、

「今回はそういう感じじゃなかったの」

と説明した。

「食事をして、初対面とは思えないくらい話が弾んで、たのしくて、それで満足しちゃったの。連絡先は交換したし、また近々会いましょうって言い合ったけど、それがいつになるのかわからないし、実現するかどうかもわからないわ」

と、正直に。

「そうなのね」

民子は言い、微笑《ほほえ》んだ。のだが、その微笑みがひどく年寄りじみて見え、理枝は虚を突かれる。この人は一体いつからこんな表情をするようになったのだろう。〝三人娘〟のなかでも、境遇、体型、服装、その他もろもろいちばん変化がなく、学生のころのまま、みたいな人だとずっと思っていたのだが――。

「ごめんなさい、お風呂に入って寝ようとしてたのよね。どうぞ、そうして」

理枝は言い、立ちあがった。

「あたしは階上《うえ》で、もうちょっとのむから、お風呂ごゆっくり」

ボトルをかかげて見せると、民子はひらひらと手をふった。

自室（といっても民子の部屋だが）に入って理枝が最初にしたのは鏡を見ることだった。まず遠目に、次にぎりぎりまで近づいて。すると、思った通り、いつもより輝き（もしくは生気）の増した自分がいて、やっぱり、と理枝は満足する。民子が突然年を取ったわけではなく、理枝の方が（いわば）突然若返ったのだ。今夜はたのしかったし、香坂は間違いなく自分に興味を持っている。そう思いながらワインを一啜《すす》りすると、微発泡性のその液体が、賛同と祝福を表明してくれているようだった。


そして、また私は人の話を聞いている。午後の喫茶店で民子は思った。まずまどかの〝相談〟があり、次が理枝のたび重なる恋愛報告（また会えるかどうかわからない、と言っていたのに、翌日には連絡を取り合っていて、以来、頻繁にその男に会っている）、そして今度は早希だった。長男の開《かい》くんが結婚することになり、早希は反対しているのに、家族の誰もその意見に耳を傾けない、というようなことを、憤懣《ふんまん》やるかたなさそうに、ぽつぽつと話す。

「出会ってまだ半年だっていうのよ？」

とか、

「知らないあいだにいっしょに暮してて」

とか。怒りよりも淋しさが垣間見《かいまみ》えるので民子は同情を覚えたが、開くんが決めたのならもう仕方がないだろう、とも思う。

「収入だって包容力だって全然足りないのに、拙速すぎるわ」

「でも、相手の娘さんも仕事をしてるんでしょう?」

民子は言ってみた。

「経済的なことは、二人で働けばなんとかなるんじゃない? 包容力だって、彼女に対しては発揮してるのかもしれないし」

早希に恨みがましい目を向けられたので、

「わからないけど」

とあわててつけ足す。

「彼女も彼女なのよ」

早希は攻撃の矛先を変えた。

「先週はじめて会ったんだけど、なんだか調子がいいの。台所にもどんどん入ってきちゃうし、まだ結婚したわけでもないのに開の奥さんみたいにふるまうし」

「まあ、ねえ」

「お酒も随分のむのよ? お酌し合って、夫は満更でもなさそうだったけど」

「まあ、ねえ」

他に、何と言っていいのかわからなかった。窓の外は雨で、テーブルにはポットで頼んだ紅茶が二つのっている。誰かに聞いてもらわないと頭が爆発しそう、という電話をゆうべ珍しく早希がかけてきて、提案された二子《ふたこ》玉川《たまがわ》の喫茶店(早希の通っている英会話スクールの近くで、きょうは夕方からレッスンがあるという)まで、民子はバスに乗って来たのだった。こんなふうに早希が友達を呼びだすことは滅多にない。基本的に遠慮深い人なのだ。もっとも、逆の場合に誘いに応じてくれないことも多いので、理枝などはときどき「友達甲斐《がい》がない」と怒るのだが――。

「開はまだ二十三よ?」

話がまた元に戻る。

「世のなかにはいろんな女がいるんだから、もっと時間をかけて、たくさんの女性と知り合ってから決めた方がいいじゃないの」

「それはまあそうだわね」

わからないものだと民子は思う。出会って半年で結婚を決めるカップルもいれば、まどかと陸《りく》斗《と》のように、何年もつきあっているのに結婚に踏み切れないカップルもいる。母親が陸斗にかけた言葉――急ぐことはない――はまっとうな助言だと民子も思う(し、いまの早希なら百回くらいうなずくだろう)が、慎重になりすぎればずっと独身でいることになるかもしれないとも思う。実際、民子自身がいい例なのだ。

もし里美が生きていたら、いまのまどかにどんな助言をしただろうかと考えてしまう。「親を安心させるための結婚なんて、この私が許しませんと言った里美が、「親を安心させるため」ではなく娘が結婚したがっていると知ったら――。たぶん笑って、「じゃあ自分からプロポーズしなさい」とでも言いそうだと民子は想像する。「それでだめなら、そんな男は見限りなさい」とか――。

残された時間がかなりすくなくなったあるとき、民子は里美に「まどかのことをよろしくね」

と言われたことがあった。「あの子は昔からジョンちゃんに懐いてるから、ときどき甘えさせてやって」と。病気になる前から里美は、「あの子は一人っ子できょうだいがいないから、将来、親がいなくなったあとで力を合せていく仲間がいないのは、ちょっと可哀相《かわいそう》なのよねえ」という心配もしていて、一人っ子の民子には、彼女の言わんとすることがよくわかった。里美には年の近い兄と弟がいて、家族のなかに同世代の人間がいることを、民子自身、ときどきうらやましく思ったからだ。まどかについて、「できることは何でもするから心配しないで」と民子はこたえた。本心だったし、じきにこの世からいなくなろうとしている友人に対して、それ以外の返答などできるはずもなかった。が、現実問題として、「ときどき甘えさせ」るというのがどうすることなのか、民子にはよくわからないのだった。

「開は昔から秘密主義だったの」

早希は淋しそうに言う。

「育実《いくみ》の方はあけっぴろげで、中学時代からガールフレンドを家に連れてきたりしてたんだけど」

と。里実のことを思いだしたせいで、何にせよ息子の結婚を目撃できるだけで幸せなのではないかと思ったのだが、死者を引き合いにだすのは早希に対してフェアではないだろう、ともまた思い、

「理枝がね」

と民子は言った。

「理枝がね、結婚は基本的に子供がすることだって言ってた」

二十三だろうが三十だろうがいまの自分たちから見れば子供なのだから、若いことを理由に反対するのはナンセンスかもしれない、という意味で言ったつもりだったが、早希はそうは受け取らず、

「そんなことを言ってるから二度も離婚する羽目になったんでしょ、あの人は」

と即座に反論されてしまった。

結婚に反対(あるいは動揺)するのは花嫁の父、と昔は相場が決っていた気がするが、最近は花婿の母なのかもしれない。そう思うと、早希には悪いがちょっと可笑《おか》しかった。

「英会話スクールの時間、まだ大丈夫?」

民子が訊くと、早希は腕時計をちらりと見て、

「まったく大丈夫」

とこたえる。

「きょうの先生は夕方にしか時間を取れない先生なんだけど、人気が高くて、すぐに予約枠が埋まっちゃうの。ジョアンナっていうアメリカ人」

民子は、腕時計を見た早希の仕種《しぐさ》の何かが心にひっかかったのだが、それが何なのかわかりそうでわからず、

「そういえばね」

と早希が何か話し始めたので、仕種のことはすぐに忘れてしまった。

「これを見せたいと思ってたの」

スマートフォンを操作しながら早希は言った。

「随分前に見つけて、これは絶対民子と理枝に見せなきゃって思いながら、会うとお喋《しゃべ》りに熱中して、いつも忘れちゃってて」

早希が差し出したのは画像だった。メーカーの名前は知らないが、民子もどこかで見たことのある、ということはたぶん有名な、タオルみたいな厚手のハンカチの画像。

「これが、何？」

民子には、早希がなぜそれを自分（と理枝）に見せたいと思ったのかわからなかった。

「何だと思う？」

訊き返され、

「ハンカチでしょう？」

とこたえた。おそらく一時期流行していたのだろう、民子自身は持ちたいとは思わないが、色の鮮やかなバラ柄とか子犬柄とかのそれはハンカチで、若くない女性たちが好んで持っていた印象がある。

「シェニール織」

早希が言う。理解するまでに時間がかかったが、思考が記憶に追いつくと、民子は思わず大きな声をだしてしまった。

「シェニール織？　これが？」

信じられなかった。というより、率直に言ってがっかりした。シェニール織は、学生時代の民子たち三人にとって、正体がわからないが故に想像と憧れをかき立てられる、特別な言葉だったからだ。

「そうなの。意外でしょう？」

民子の反応に満足したらしく、早希は微笑んでうなずく。

「それからね」

早希は言い、またスマートフォンを操作して、べつな画像を表示させた。

「これがポークパイハット」

ポークパイハット。画像ではなくその言葉の響きが、民子に遠い昔の教室を思いださせる。読書サークル〝ウォーターシップダウン〟が使っていた、新館二階の隅の教室。窓から中庭が見おろせた。

「理枝が黒板に絵をかいたのを憶《おぼ》えてる？」

尋ねられ、民子は憶えているとこたえた。理枝はべつなサークルに所属していたはずなのだが、しょっちゅうあの教室に顔をだし、その場で本を斜め読みしては、自分の言いたいことを言った。あるとき、何かの本のなかにその言葉を見つけ、ポークパイハットとはどんな帽子なのか、と、みんなに問いかけたあとで、自分の思うその帽子の絵を堂々とかいてみせた。それがどんな絵だったかはもう思いだせないが、いま目の前にある画像と似ていなかったことだけは確かだ。

ポークパイハットもシェニール織も、当時三人のあいだで一種の隠語になった。前者は奇妙なものやわけのわからないことを指し、後者はすばらしい（に違いない）物事を指して使った。「あの人、ポークパイハットだわね」とか、「それはシェニール織沙汰じゃないの」とか。

英語の本のなかにでてきた、たくさんの未知の物々、それらについて、飽きることなく幾らでも語り合えた。

「ポークパイハットはともかく、シェニール織はショックだわ」

民子は言った。

「私、もっと繊細な織物を想像してたわ。色は断じて白か生成り。だって、小説にでてくるシェニール織ってたいていベッドカヴァーだったじゃないの。それもおばあさんの形見とか何とか、古くてロマンティックな感じで」

早希はうなずき、

「インターネットってほんとうに便利。なんでもすぐ調べられるんだもの。あのころにもしインターネットがあったら、ポークパイハットだってシェニール織だってすぐ検索できただろうけど、そうじゃなかったからよかったとも言えるなあって思うの。だって、正体不明だったからこそこんなに時間がたっても憶えてるくらい印象的だったわけだから」

と言った。

「いまは何でもすぐ調べちゃうけど」

と。民子は感心する。

「早希は昔から勉強家だったけど、いまも勉強家なのね」

それでそう言った。シェニール織があんなに派手な色合いの、ぽってりと厚いパイル地だったということは知りたくなかったけれども。

12

理枝は子供に興味がない。欲しいと思ったことがないわけではないが、それはあくまでも自分（と愛する男）の子供であって、他人の子供は、はっきり言ってどうでもよかった。無論、朔は別なのだが、朔以外の生身の子供と関わるのは苦手だし、知人の誰彼に子供（や孫）の写真を見せられても反応に困る。それなのに、なのだ。それなのに、理枝は笑わされっぱなしだった。香坂の語る園児たちの言動は、理枝の予想を超えてシュールだったり突飛だったり健気《けなげ》だったりし、メイとかソラとかコウシロウとか、会ったこともない幼児たちの姿が、ついありありと想像できてしまう。のみならず、

「待って。カナデくんっていうのは誰のお兄ちゃんだって言った？」

とか、

「卒園しても、そんなにしょっちゅう遊びに来るものなの？」

とか、気がつけば質問までしている。

雨がかなり強く降っているので、イタリア料理店のテラス席には理枝と香坂以外に客はいない。店の人が二度も、店内のテーブルに移ってはどうかと勧めてくれたのに、一度目は香坂が、二度目は理枝が、ここでいいとこたえたのだ。ワインでほてった肌に夜気のつめたさが心地よく、頭上に張り出したテントを打つ雨の音が爽快だった。

「三歳とか四歳のころの記憶って全然ないわ」

理枝は言った。

「自分にそんな時代があったとはまったく思えない」

「あったことは間違いないですよ」

可笑しそうに香坂はこたえる。

「べつな生きものだったかもしれないけど」

と。

「べつな生きもの？」

パンをちぎる香坂の手はまるまると肉づきがいい。手の甲にくるくると濃く毛が生えていることを、理枝はなんとなく好もしく思った。

「僕はね、思うんですよ、子供はべつな生きものだなって。大人も子供もおなじ人間だってみんな言いたがるし、それはもちろんそうなんだけど、おなじ人間でもべつな生きものだってことがあるんじゃないかなあ」

香坂の物言いはのんびりとおおらかで、自分の専門分野について話しているというより、星とか海とか恐竜とか、未知のものに思いを馳《は》せて話している人のようだった。

「なるほど」

そう考えると理枝にも納得がいった。子供に近づいてこられると本能的に恐怖してしまうのは、彼らがべつな生きものだからだったのか――。だとすると、自分の反応は動物としてまっとうだ。

「よかったら今度、園に遊びに来ませんか？　たのしいですよ」

香坂がにこやかに言い、理枝ははたと我に返る。

「だめだめだめだめ。そういうのはだめなの」

保育園なんて、自分のもっとも苦手とする場所だ。

「どうして？」

「問答無用にどうしても。だめなものはだめなの」

理枝はこたえ、なぜだか動揺して、だいたいね、と勢いよく続けてしまう。

「だいたいね、よく知らない人間を保育園に立ち入らせたりしちゃいけないでしょ？　危機管理能力を疑われるわよ。子供のいる場所は最大限のリスク・マネジメントが求められるわけだし、それが当然でもあるしね、他人を招くなんてコンプライアンス違反でしょ？　ええと、あるわよね、保育園にもコンプライアンスって」

べつに責めるつもりなどなかった。が、しまった、と思ったときにはそうまくし立て終えていた。黙ると、ふいに雨音が大きく感じられる。

「おしまい？」

尋ねられ、

「足りない？」

と訊き返すと、香坂は顔をほころばせ、清家さんはおもしろいね、と呟いて、デザートを注文するべくウェイターを呼んだ。


びしょびしょと何日も降り続いた雨があがり、ひさしぶりに青空が見えた土曜日の昼近くに、まどかは最悪の気分でベッドのなかにいた。泣きすぎて、目というより顔全体が腫れているのが、鏡を見なくてもわかった。頭が重く、鼻がつまっているのではなく、頭部全体が鼻になってつまっているみたいだった。

いったん起きあがって窓をあけたものの、まどかはまたベッドにうつぶせてしまう。ベッドがあってよかったと思う。すくなくともこれはまどかだけのベッドだ。子供っぽいとは思うが、クマと犬と羊のぬいぐるみがならべて置いてある。そのぬいぐるみたちが、きのうまでとはあきらかに違う親しさで目に入り、まどかは思い知らされる、また一人ぼっちになったのだ。きのうまでは陸斗がいた。この部屋に一人でいるときも、会社で仕事をしているときも、自分は陸斗に属している、、、、と感じられたし、だから一人でいても一人ではなく、強い気持ちでいられた。でも、きょうからはもう違うのだ。まだ実感が持てないけれども。

ゆうべのあれは、現実だったのだろうか。まどかはがばりと起きあがり、スマートフォンをチェックしてみる。「オハヨー。よく眠れた？」とか、「これから出勤。朝食はバナナ」とか、いつものようなラインが入っているような気がして。が、そういうものがないことは、心のどこかでわかっていたのだろう。陸斗の欄に何の数字も表示されていないのを目にしても、やっぱり、と思っただけだったのだから。

まどかはドアを細くあけ、父親が台所にいないことを確かめてから部屋をでた。まどかの部屋はバスルームに近いが、台所もまた近いのだ。朝、心配して部屋に顔をだした父親には宿酔《ふつかよい》だと伝えたが、もしそれを信じてくれたとしても、いま顔を合せれば嘘《うそ》だとわかられてしまうだろう。シャワーではなく風呂に入ることに決め、まどかは浴槽に湯をためる。

ゆうべ、以前から約束していたインディーズ・バンドのライヴに陸斗とでかけた。最近、関係がぎくしゃくしているのはわかっていたけれど、九州を拠点に活動しているそのバンドが東京でライヴをするのは珍しいことだったし、チケットも買っていたので逃したくなかった。陸斗は終始不機嫌だった。もともと、音楽にそれほど興味がないのだ。でも、昔はまどかの好きなバンドの良さを知りたがってくれたし、新譜情報をネットでみつけて教えてくれたりもしたのに。ともかくゆうべの陸斗は不機嫌で、会場につくなり「暑いな」とか「息苦しいな」とか呟き、ワンドリンク制で買えるビールの銘柄にまで文句を言った。演奏が始まってもたのしくないオーラを放出し続けるので、まどかはそれが気になって、ライヴをたのしむどころではなかった。もうだめなのかもしれないな。すでに何度も思ったことをまどかがまた思ったとき、〝春〟という曲が始まった。まどかの好きな曲だ。疾走感のあるヴォーカルの声を聴きながら、すこし泣いた。一体いつからこんなことになってしまったんだろう、と思った。隣にいる男の機嫌が気になって、ハラハラして、好きなミュージシャンのつくる好きな音にさえ集中できないなんて——。

そんなふうだったから、ライヴが終って近くの居酒屋に入ったとき、まどかは覚悟ができているつもりだった。きょうこそはっきりさせようと思った。べつに結婚でなくてもよかった。いっしょに暮そうとか、ずっと二人でいたいとか、気持ちを表明してもらえればそれでよかった。それすらしてもらえないならば、「じゃあ、もう、いい」と言うつもりだった。「私のこと、陸斗なしでは何もできない女だと思ってるんだろうけど、そうじゃないから」と。

「あのさ、考えたんだけど、俺たちしばらく距離を置いてみる?」

運ばれたおしぼりを使いながら、陸斗にいきなりそう言われるとは思ってもみなかった。

湯は、浴槽の縁ぎりぎりまでたまっている。まどかは蛇口を閉め、のろのろとパジャマを脱いだ。せめてもの救いは——と、依然として全体が鼻になってつまっているような頭で考える——、ゆうべ、陸斗の前では泣かなかったことだ。びっくりしすぎて涙もでなかった、というのがほんとうのところだが、

「それが陸斗の望み?」

と、たぶん冷静な声で訊けた。

「望みっていうか、提案?」

なぜだか語尾を上げて陸斗はこたえ、

「提案?」

と訊き返すと、

「結論？」

と、またしても語尾の上がった、そして決定的な返事があった。結論——。盛大に湯を溢れさせながら浴槽に沈み、じゃあもうだめなんじゃん、とまどかは思う。じゃあ「しばらく」じゃないじゃん、とも。

「もういい」

まどかは声にだして言った。これ以上心を乱されるのはいやだった。もういい。


おなじ土曜日、清家朔は競艇場にいた。青い空だ。観覧席はガラス張りで、前の方に坐っているると温室みたいに暑くてまぶしい。父親に連れられてときどき来るというあいりとは違って、朔が競艇というものを見るのははじめてのことだ。全部で六艇が走る。一号艇から順に、白、黒、赤、青、黄色、緑、と服の色が決められているところは、子供のころに観ていた戦隊モノのテレビ番組を思いださせた。未成年なので舟券を買うことはできない（とはいえ、あいりはときどきこっそり買っていた。自動券売機があるから可能なのだ）が、見ているだけでも十分におもしろい。モーター音、豪快な水しぶき、思い思いの位置からスタートラインまで、時間ぴったりになるよう（それでいてできるだけ減速せずに済むよう）飛びだす選手たち。

「マジか」

一レースごとに朔は目を瞠《みは》った。

あいりは詳しかった。内側から追い抜くことを「さす」と言い、外側から追い抜くことを「まくる」と言うのだと教えてくれたり、選手はエンジンの調整も自分でしなくてはならず、だからみんなアスリートであると同時にエンジニアでもあるのだと説明してくれたりした。入口前で買った専用の新聞（レースや選手のデータが載っているらしい）を熱心に読む横顔は、これまで見たことがないくらい真剣そのもので、わずかにひらいた唇がかわいく、髪にガラス越しの日があたってきれいで、朔はつい見とれてしまう。騒々しい競艇場の観覧席で、あいりだけが外国の図書館にでもいるみたいだった。

舟券を買わない場合でも、あいりはすべてのレースを予想した。「四、一、二だと思う」とか、「一、五、三かな」とか。朔としてはどれが勝っても構わなかったが、あいりの予想した番号を応援した。当たると、あいりがものすごくうれしそうな顔をするからだ。

「お腹《なか》すいた？」

尋ねられたのは、五レース目が終ったときだった。

「すいたけど、べつにたべなくても平気だよ」

観戦のじゃまをしたくなくてそうこたえたが、

「次のレースは好きな選手が一人もでないから、観なくてもいい」

とあいりは言い、施設内の食堂で朔はカレーライスを、あいりはうどんをそれぞれたべる。観なくてもいいと言ったレースなのに、うどんをたべながらあいりは、

「六、一、四とかだったらおもしろいけど、たぶん六はこないんだよなあ」

とやっぱり予想していて、朔は感心してしまう。

「ほんとに好きなんだね、競艇」

「うん」

と恥かしそうにうなずいたあとであいりは、

「びっくりした？」

と訊く。

「まあ、ちょっとは」

「でも、感動しない？　あのスピードとか、信じられないよね」

うん、とこたえながら朔は、あいりの表情に感動する。目を大きく見ひらいて、妙に活《い》き活《い》きと、跳ねるみたいな調子で言葉が口をついてでてくる。

「私ね、スタートにいちばん感動するの。あー、朔にG1《ジーワン》とかSG《エスジー》とか見せたいな。そのクラスになるとスタートがね、びしっと一直線に揃うの。判定写真なんて見ると鳥肌が立っちゃう」

何を言っているのかほとんどわからなかったが、問題は内容ではなかった。あいりの表情、そして弾むような口調――。見惚《みと》れていると、

「引く？」

と訊かれた。

「え？」

「競艇好きの女子とかって、引く？」

まさか、と朔はこたえた。どうしてそんなふうに思うのかわからなかった。いままで知らなか

ったあいりの一面を見られてうれしかった。

食堂をでたあとは二階の観覧席ではなく、一階のスタンド席で観戦した。戸外なので水の匂いがして、モーター音も迫力があり、風が気持ちよかった。あいりの予想は舟券を買っていないときに限って当たり、そのたびに二人で悔しがった。当たって悔しがるということは、当たらない方がいいのか？　という疑問が途中で胸に兆したが、外れるより当たった方が断然盛りあがるので、当たって悔しがるのも（すくなくとも朔にとっては）かなりたのしいのだった。

最終レースまで観て競艇場をあとにしたとき、朔の目に映るあいりは、これまで以上に興味深い女子になっていた。


早希に写真を見せられて以来、民子はふとした拍子にシェニール織（と、それに対する失望）を思いだしてしまう。自分たちが勝手に誤解していただけなのに、何だか裏切られたような気持ちがするのだ。自分でも検索してみたが、でてくる画像は早希に見せられたのとおなじタイプのハンカチやエプロンやハンドバッグばかりで、万が一にも別種のシェニール織が存在する可能性はなさそうだった。添えられた解説文には、それが十八世紀末にスコットランドで生れた織物であること、二度の製織工程で作られ、表も裏もおなじ多色柄が特徴であることの他に、シェニールというのがフランス語で毛虫を意味する言葉だということも書かれていて、虫嫌いの民子をぞっとさせた。

「だって、毛虫よ？　毛虫織なんていう名前、誰が考えたって不快じゃないの」

訴えると、理枝は笑って、

「でも、この画像の生地にはぴったりじゃないの」

と言った。

「厚ぼったくて、毛がやわらかく立ってる感じで、色も派手で」

と。

午後十時、めずらしくどこにも外出しなかった理枝はすでにパジャマ姿で、定位置となった感のある、民子の仕事部屋の読書椅子に坐っている。昼間は家の物件巡り、夜は香坂という男とのデートで最近の理枝は忙しく、早希の「頭が爆発しそう」な長男の結婚問題や、それを聞いた日に二子玉川の喫茶店で見せられた画像について、民子はようやくいま話せたところだ。「あらー」とか「イメージと全然違うわね」とか、画像を見た理枝は言ったものの、さほど驚いた様子はなく、まして、ショックを受けているようには見えなかった。新しい交友関係で心が強化されているからかもしれないと民子は思う。

「あたしはね、カンタロープメロンの方がショックだったわ」

香坂という男にもらったという煎餅（煎餅をくれる男というのは、民子の知る限り、理枝の相手として新種だ）にクリームチーズを塗りつけながら理枝が言った。

「カンタロープメロン？」

訊き返すと、

「まさか、忘れたの？」

と、理枝はいきなり険しい顔になる。

「あんなに話したのに？　ほとんど議論したと言ってもいいくらいだったじゃないの。生方《うぶかた》先生にまで訊いたりして」

思いだせなかった。

「そうだった？」

「そうよ。カンタロープメロンとネトルスープ。二つとも謎で、ネトルの方はイラクサの一種だって生方先生が教えてくれて、草のスープってどんな味なのかって、随分想像したじゃないの」

理枝は言い、煎餅をかみ砕いて白ワインで流すようにのみ込むあいだだけ黙る。

「カンタロープメロンの方はね、あたし、はっきり憶《おぼ》えてるんだけど、まくわうりみたいにつるんとした見かけだろうっていう点で三人の意見が一致したの。あっさりした見かけの、上品な味のメロンだろうっていう点でね。でも、早希と民子は果肉を緑だと思うって言って、あたしは黄色だと思うって言ったの。ほら、黄色いすいかがあるじゃない？　だから、たぶん黄肉のメロンもあるだろうと思ったのね。緑じゃ平凡すぎるとも思ったのかもしれない。ほら、あたしって、非凡なところがあるから」

非凡という言葉の使い方が間違っているような気がしたが、黙っていた。

「でね、あれはいつだったかな、カナダのスーパーで実物を見たの。この話、しなかった？」

していない、と民子はこたえる。

「ほんと？　した気がするけど、まあいいわ。ともかくね、それは赤肉のマスクメロンだったの。

買ってたべてみたけど、味も濃厚でね。がーん、だったわよ。つるんとした見かけっていうのも果肉の色も、あっさりした味っていうのも正反対だったわけだから」

　話を最後まで聞いても、カンタロープメロンについて三人で議論した（らしい）ことを民子は思いだせなかった。欧米の小説にでてくるたべものや衣服や家具や習慣について、当時、三人とも興味津々だったことは憶えているのだけれども――。

「読書サークルって、本来なら作家の文体とか、登場人物の心の動きとかについて話す場所だったんでしょうに、そういうことを話した記憶が全然ないわ」

　民子は言い、言った途端に、もしかしたら、と思った。もしかしたら、自分たち三人以外のメンバーは、ちゃんとそういう話をしていたのかもしれない。

「カンタロープメロンにしてもシェニール織にしても」

　理枝は言い、とぷとぷと音を立てて白ワインを手酌する。

「あたしたち、誤解だらけの人生だわね」

　そして、男にもらった煎餅を、またばりんとかじった。

13

薫は一日のうちで朝がいちばん好きだ。朝には、手つかずの一日をみんなが平等に所有していると感じられる。薫は子供のころから早起きだったし、学校が休みの日には普段以上に早く目をさましてしまうので、お願いだからもうすこし寝てちょうだいと、母親に懇願されたほどだった。L字形の大きな縁側のあったあの家――。薫の部屋は縁側の角を曲がった右側にあり、日あたりが悪く庭に面してもいなかったが、静かで、夜に来客があっても酒席の声が届かなかった。早朝に目をさますと、薫は耳をそばだてて、波の音を聞こうとしたものだった。あまりにも静かなので、聞こえるはずだと思っていた。実際に聞こえた気がしたこともあるのだが、距離から考えて、おそらくあれは錯覚だったのだろう。ひんやりと白い障子と、天井からぶらさがった丸い大きな(やはりひんやりと白い)電気の笠。母親が起きだして縁側の雨戸をあけるまで起きてはいけないことになっていたが、待ちきれず、ときどき足音をしのばせて家のなかを歩きまわった。家の、裏庭に面した側――台所と納戸、風呂場と文机のある小部屋――には雨戸がないので仄《ほの》あかるく、時間によっては台所の窓から、裏庭にいる雀《すずめ》や猫が見えた。家族が寝静まった家のなかは、まるで知らない場所のようによそよそしく、薫にはそれがおもしろかった。母親のサンダルをつっかけて裏庭にでて、一人で近づいてはいけないと言われている井戸にさわったり、積まれている空き罎《びん》の数を数えたり、ゴミ容器の中身を意味もなく確認したりした。薫が生れ育ったその家には両親と祖父母がいて、他にもおじさんとか大おばさんと呼ばれている人が、期間限定でときどき同居したりしていた。あのころのあの家を知っている知り合いは、もう誰もこの世にいなくなってしまった。

そんなことを考えていると、おはようございまーす、と言って理枝が台所に現れる。

「おはよう」

こたえて目を離せなくなったのは、娘の旧友がショートパンツ姿だったからだ。赤と白と青、という目立つストライプのショートパンツに、身体《からだ》にぴったりした青いTシャツを合せている。そんな恰好《かっこう》をしていいのは子供かピンナップ・ガールだけかと思っていたが、どうやら最近は違うらしい。それともこの子が特殊なのだろうか。薫にはどちらなのかわからなかった。

「わあ、朝からいい匂い。これは何?」

理枝は言い、鍋のなかをのぞき込む。

夜中に仕事をする習慣の民子は朝が遅いので、もう随分ながいこと、薫は朝食を一人で摂《と》っていた。最近は理枝と二人だ。健啖家《けんたんか》の理枝がいると料理にも張り合いがでて、今朝はズッキーニのスープをつくった。バルサミコ酢を効かせたトマトサラダも。あとは巣ごもり玉子をつくるつもりで、ほうれんそうを下茹《したゆ》でしてある。茹でたほうれんそうをバターで炒《いた》め、中央に目玉焼きを置く巣ごもり玉子は死んだ夫の好物だった。夫はそこにウスターソースをたらしてたべた。ただの目玉焼きならば塩が旨《うま》いけれど、巣ごもりのときは断然ウスターソースだと言っていた。

「薫さん、これ、最高」

スープを一口のんで、理枝が言う。何をつくってもほめてくれるので、お世辞に違いないとは思うものの、この子はほんとうにおいしそうにたべる。「ああ」とか「しみる」とか、一口ごとに声をこぼして。

声だけではない。理枝はよく喋《しやべ》るので、民子に関して、薫の知らなかった情報を、ときどきぽろっとこぼしてくれる。きょうもそうだった。最近知り合ったという男性について、「外見が小ぶりな熊っぽい」とか「驚くほど多趣味」とかひとしきり描写したあとで、なぜか百地《ももち》さんの話になったのだ。百地さんには薫も何度か会ったことがあるが、民子と親しい編集者の一人だとしか思っていなかった。が、理枝は、

「そしたらね、別れた理由を二人とも思いだせないっていうんだから、笑っちゃって」

と言った。

「ほんとにあの人たちらしいっていうか。あたしなんて、何を忘れても相手の嫌だったところは憶えてるし、相手に言われたひどい言葉なんかも、それこそ意地でも忘れないいんだけど」

と。

薫は記憶を探ってみる。長身痩軀《そうく》、半白の髪、眼鏡、礼儀正しいけれど印象の薄い男性——。そのくらいしか思いだせない。薫がはじめて会ったのは、この家の、それまで裁縫室として使っていた部屋を民子の書斎に改造したときだから、十年ほど前だ。そのすこし前に夫が亡くなって、薫の日々が索漠としていたころ——。要らないものを処分したり、家具や本を移動させたりするのを手伝いに来てくれた、何人かの若い編集者たちのなかに彼もいた。若い人たちはみんな、それまでも打合せを兼ねて食事に来たり、出来上がった本を届けに来たりしていたが、百地さんははじめてで、薫は、たぶん彼らの上司なのだろうと思った。その後も、薫が顔を合せるときはいつも大人数だった。民子が文学賞をもらったときのパーティの席とか、毎年薫も誘ってもらう花

見の席（今年は捻挫のせいで参加できなかったが）とか。

「百地さんと民子、おつきあいしてたの？」

薫が訊くと、理枝は一瞬黙ったあと、

「え？」

と言った。目を見ひらき、気の毒になるほどうろたえて、

「だって、民子、百地のお好み焼の話なんかを薫さんにしてたし、百地も親しそうに薫さんの話をしたりしてたから、あたし、もちろん知ってらっしゃるんだろうと思って」

と早口に言葉を重ねる。

「いやだわ。ごめんなさい。失敗」

と。

「いいのいいの、気にしなくて大丈夫」

薫は安心させてやる。

「年寄りは何でもすぐに忘れますから、いま聞いたことももう忘れちゃったわ」

けれど理枝は安心できなかったらしく、

「ずっと昔のことです、学生時代」

と、まるで薫にとってそれがなぐさめになるかのようにつけ足したので、薫はさらに驚かされる。学生時代――。では、十年くらい前に出会った人ですらないわけだ。

「これ、ウスターソースが合うのよ」

巣ごもり玉子の皿をテーブルに置きながら言い、百地さんって編集者じゃないの？　と訊いてみる。

「違います。あいつは広告代理店。いまはもう定年退職してご隠居さんですけど」

ああ、そうなの、とこたえはしたが、「ご隠居さん」と「あいつ」という二つの言葉に薫は軽い衝撃を受ける。外国暮しのながかった理枝ですらあいつ呼ばわりするほど親しいらしいのに、相手がご隠居さんになるまで自分だけが何も知らされていなかったとは。

動揺がおさまったらしい理枝はソースをたらしたほうれんそうに黄身をからめて口に入れ、

「うーん。これも最高」

と言った。


昼間は晴れていたのに、夕方の空は赤味を滞びた灰色で、いまにも雨が降りそうだ。と思った途端に稲光りが走り、ややあって、どどんと大きな音が聞こえた。窓辺にいた早希はびくりとして首をすくめ、すぐにふり返って確かめたが、ベッドの上の義母は怯《おび》えたふうもなく、たのしそうに夫に向って自分のことを話している。こう見えて、もう九十なんですよ、とか、こんな恰好でごめんなさいね、とか。義母が自分の息子をどこまで認識しているのかは微妙なところだ。夫が部屋に入ってすぐ、「母さん、俺だよ」と言ったときには「やっぱり。そうだと思った」とこたえたが、すぐに目が泳いだ。義母は最近、わかっていなくてもわかったふりをすることがあるのだ。そのあとしばらく無言で様子をうかがっていたし、自分の「恰好」をしきりに詫びたり、

「いまはこんなところにおりますけれど、じきに帰れますのでね」と嘘で取り繕ったりして夫を黙り込ませた。が、そうかと思えば「徹」といきなり夫の名前を呼んで、「随分太ったわね」と言ったり、「ミサトちゃんは元気？」と訊いたりもして（ミサトというのが夫の昔の恋人の名であることを、早希は知っている）、突発的に切れ味のよさを見せる。

いずれにしても機嫌がよさそうなので早希はほっとしていた。機嫌が悪いと、ひとことも喋ってくれなかったりするのだ。

「ちょっと洗濯室に行ってくるわね」

早希が言うと、夫は心細そうな顔をした。

どどん、と、また雷が鳴った。雨は降っていないのに、稲光りだけが空のあちこちでひらめいている。

「母さん、いつから寝たきりなの？」

帰りの車のなかで訊かれ、早希はちょっと驚く。

「べつに寝たきりじゃないわよ。きょうだって食堂まで歩いたじゃないの」

部屋に運んでもらうこともできるのだが、きょう、義母は三時のおやつを食堂でたべた。おやつはぶどうのゼリーで、甘みが足りない人のために、小袋に入ったジャムが添えられていた。

「お部屋にいるときはずっとベッドじゃないの、あそこに入居したときから」

「そんなことないよ」

夫は言った。

「一階の談話室で面会したこともあったじゃないか」

早希は呆れる。

「それ、三年くらい前の一度だけでしょ？」

あのときは同室の浜本さんのご家族に不幸があって、部屋で深刻げな話し合いをされていたから遠慮したのだ。談話室は広いし席の予約もできるので、いまでも使いたければいつでも使える。が、義母があの部屋の黒いソファや壁画を「気が滅入《めい》る」と言って嫌うので使っていないだけだ。その話は以前にもしたのに――。

フロントガラスに最初の雨粒が落ちた。と思うとたちまち土砂降りになる。梅雨どきの雨というより夏の夕立ちみたいだ。あるいは秋の台風。

「たぶん、もうながくないな」

夫が言う。母親にずっと元気でいてほしいくせに、そんな言い方しかできない夫を早希は可哀《かわい》相《そう》に思う。男の人というのは仕方のない生きものだなと思う。車の屋根を打つ雨の音がいっそう激しくなり、早希にはふさわしい返事が見つけられない。

帰宅した早希を玄関で出迎えたのは犬だった。犬と開《かい》とその恋人の長峰花音《ながみねかのん》。二人は予告もなしに現れたのだが、どちらも満面の笑みを浮かべており、犬は早希への贈り物だと言った。黒い、小さい、毛むくじゃらの犬。早希には意味がわからなかった。

陸斗と別れたことをジョンちゃんにだけは伝えなくては、と思うものの、まどかはまだそうできずにいる。ジョンちゃんも含め、いまは誰にも会いたくない、ということもあるけれども、それ以上に、誰かに話せば別れたことが現実になってしまいそうで（というか、すでに現実ではあるのだが、取り返しのつかない現実になってしまいそうで）、まどかはそれがこわいのだった。誰にも話していないいまならばまだ、陸斗が前言撤回してくれる余地があるような気がするのだ。

電車の窓から見える空はホラー映画みたいに不気味な色で、雨は降っていないのに、ときどき稲光りがひらめく。湿気で靄《もや》がでているせいか、なんだか花火っぽいとまどかは思う。音が光に遅れて届くところも、空気が煙って見えるところも。

職場のある五反田から大岡山の自宅まで、電車を二本乗り継ぐのだが、外の見えない地下鉄から外の見える私鉄に乗り換えた途端に、生活圏に帰った気がして素の自分に戻るのでどっと疲れる。誰にも会いたくないとはいえ会社には行かなければならないわけだし、行けばそれなりに人と喋ったり笑ったりできるのだけれども、生活圏に帰って素の自分に戻った途端に陸斗の不在がのしかかってくる。

だって、八年。十九歳のときから八年、まどかは陸斗といっしょにいた。全人生の三分の一に、一年足りないだけだ。ほぼ三分の一。そう考えると、どうしていいかわからなくなる。

電車をおりると、待っていたかのように雨が降り始めた。改札をでて、鞄からとりだした折りたたみ傘をひらく。陸斗と別れた（もっとはっきり言うなら陸斗にフラれた）ことを明言するのは気が進まないが、あの家には陸斗も出入りしているし、薫さんが陸斗の勧めるスポーツクラブに通ってもいるので、そっちの方から話が伝わってしまうのもいやだった。別れたという事実だけを短くラインで報告しようとまどかは決め、歩き慣れた家への道を歩く。歩き慣れた、けれど先週までとはすべてが違って見える道を。


「無理よ」

早希は言った。

「絶対に無理です」

と、断固として。

「なんでだよ。母さん、犬が大好きじゃん。昔、ラルフが死んだときには何日も泣いて、食事もできなくて痩せ細っただろ」

リビングにつっ立ったまま、開が言う。長峰花音は床にぺたりと坐って（というのはさっきまで犬を遊ばせていたからだが、遊び疲れた犬がようやく寝入ったいまは）紅茶をのんでおり、ならんでソファに腰掛けた夫と次男は、無言のまま気まずげになりゆきを見守っている。

「だからでしょ？　あんな悲しい思いはもうたくさん」

ゴールデン・レトリーヴァーのラルフは、これまでに早希が飼った（ラルフ以外は実家で飼っていたという意味だが）何頭もの犬のなかでもとびぬけて賢く、とびぬけて性質がやさしかった。彼を失った痛みはあまりにも大きく、早希はもう動物は飼わないと決めていた。

「それに、犬を飼うには体力だって気力だって要るのよ？」

「十分あるじゃん」

依然としてつっ立ったまま、開は言う。犬は生後二か月半のトイプードルで、最初の予防注射もマイクロチップの登録も済んでいるという。

「ともかく無理よ。あなたがたが二人で飼うか、買ったところに返すかしてちょうだい」

罪のない子犬をできるだけ見ないようにしながら早希は言い、

「いったいなぜこんなことを思いついたんだか」

と続けたが、ほんとうは容易《たやす》く想像がついた。たぶん花音の発案だろう（このあいだ会ってわかったのだが、開はすでにだいぶ尻に敷かれている）。お母さんは息子が巣立って淋《さび》しいんだから、何か心の穴を埋めるものが必要よ、とかなんとか——。冗談じゃない。この家には手のかかる男がまだ二人いるのだし、世話の必要な（そして、世話をした分、無言で豊かに応《こた》えてくれる）庭もある。その上、施設に入居してもらったとはいえ、老いた義母の面倒もみなくてはならないのだ。それでもまだ足りないとでもいうのだろうか。要は、自分たち二人から早希の気をそらそうという魂胆なのだ。そう考えると腹が立った。憤慨を通り越してほとんど逆上しそうだったが、逆上は早希のやりかたではない。

「お断りします」

それで、冷静にそう言った。のだが、夫が口をはさんだ。

「でも、まあ、小型だからラルフより手がかからなそうだし、飼ってみてもいいんじゃないか？」

と、妙に鷹揚《おうよう》に。

「そうだよ、もう来ちゃったんだし」

次男まで加勢する。

「あのね、問題は開と花音ちゃんがどういうつもりでこの犬を連れてきたのかってことだわ」

早希は言ったが、

「だから言ってるだろ、贈り物だって」

という開の返事で片づけられてしまった。

「名前つけよう、名前」

次男がはしゃぐ。そのとき花音が開の視線をとらえ、ほらね、とでも言うかのように微笑《ほほえ》んだので、早希は憤死しそうになる。


民子の仕事が忙しく、夜中のワインにきょうはつきあえないというので、理枝は一人でのんでいる。きょうあけたワインはファーザーズ・アイズという名前で、だからてっきりアメリカかオーストラリアのワインだろうと思ったのだが、ラベルを見るとイタリア産のシャルドネだった。つまみになるものを探して冷蔵庫を物色したが、めぼしいものはなく、唯一見つけたらっきょと、赤と黒の粒コショウをあてにのんでいた。夜中の他人の家のなかは静かだ。エアコンの作動音しか聞こえない。理枝は香坂のことを考えている。というより、香坂に対する自分の気持ちのことを。

軽い気持ちだった。おもしろくて害のない男のように思えたし、ときどき会って食事をしたり、酒をのんだりするのにいい相手だと思えた。事実その通りだったし、来週もまた会う約束をしている。が、理枝は気に入らなかった。こんなはずではなかったと思う。こんなのまったくだめだと思う。小娘でもないのに気がつくと香坂のことを考えていたり、スマートフォンが振動するたびに期待したりするなんて。理枝としては、相手を自分に夢中にさせたいのであって、自分が夢中になりたいわけではない。

「冗談じゃないわよ」

つい声にだした。もともと、誰かに喋ることで頭が整理されるタイプの人間なのだ。早希に電話をしてみようかと考える。が、もう十二時に近い。庭の手入れのために早起きをして、下の子のお弁当を毎日作る模範的主婦の彼女に電話すべき時間ではないだろう。ロンドンにいる誰彼を思い浮かべる。時差があるので向うは日中だ。けれど運よく誰かがつかまったとしても、ぎこちない会話になることは目に見えていた。まあひさしぶり、元気？　元気よ、あなたは？　そっちはどう？　どちらもすぐに話すことがなくなり、会いたいわとか、あなたがいなくなってみんな淋しがっているのよとか、会話は無難に収束に向うだろう。こちらに来たら連絡してねとか、ええもちろん連絡するわとか。

結局のところ、と、アドレス帖《ちょう》をえんえんスクロールしながら理枝は思う。結局のところ、あたしが腹を割って話せる相手は民子と早希だけなんだわ。アドレス帖にはこんなにたくさん名前があって、なかには、かつてそれぞれに一時期、親密だった人たちもいるのに。

14

アスファルトの地面から、陽炎《かげろう》が立っている。七月になり、日ざしは真夏のそれだ。薫は日傘をさして歩きながら、民子のことを考えている。民子と百地さんのことを。どういう関係なのだろう。学生時代につきあっていて、別れてもずっと友情が続いているということだろうか。薫が彼の名前を聞くようになったのは十年くらい前からだから、その頃に再会したのかもしれない。郵便局の前を通り、お米屋の前を通る。スーパーマーケットまでは、歩いて二十分の距離だ。

民子にだって、これまでの人生で恋人と呼べる男性が（たぶん百地さん以外にも）いたはずだが、薫は一人も知らない。赤の他人の理枝は学生時代からいまに至るまで、何人もの男性の話をおもしろ可笑しく、ときに愚痴まじりに聞かせてくれるし、最近では陸斗くんだって薫を信頼して、異性に関する相談事を持ちかけてくれるというのに。

もっとも、薫自身も若いころ母親にすべて話していたわけではないから、因果はめぐるということかもしれなかったが。

スーパーマーケットのなかは寒いほど冷房が効いている。この店には、六十五歳以上の客の買った商品を無料で家まで配達してくれるサービスがあるので、安心して買物ができる。食料品というのはほんとうに重いので、六十五歳以前の自分がこのサービスなしで買物をしていたことが、いまでは信じられない。キャスターつきのカートを押して、薫はゆっくり通路を進む。

当然だが、民子が誰とつきあおうとつきあうまいと構わなかった。が、誰かがいてくれるのかどうかは気になった。理枝や早希といった女友達以外の誰かが。

カートにレタスを入れ、きゅうりを入れる。いんげんを入れ、トマトを入れる。〝ゴールドラッシュ〟と〝甘々娘〟という二種類のとうもろこしを見て迷い、結局、両方が一本ずつ入った〝食べくらべセット〟を選んだ。里いもを入れ、きゃべつを入れる。

私が死んだら民子はあの家に一人で暮すことになる、と薫は考える。家を売ってどこかに引越すことは可能だろうが、一人であることに変りはない。やっていけるのだろうか。たぶんあの子は、きゃべつの値段も玉ねぎの値段も、ひき肉の値段も知らないだろう（今夜はロールきゃべつをつくるつもりだ）。そんなに物を知らないで小説など書けるのだろうかと思うが、書けているらしいのだからわからないものだ。

もし民子に多少なりとも文才というものがあるのだとしたら、それはあの子が子供のころから読書好きで、たくさんの本を読んできたからこそ培われたものだろう。そして、薫はひそかに、民子の読書好きは自分から遺伝したものに違いないと確信している。薫も昔は文学少女で、旧弊な考え方をする父親に、そんなに本ばかり読んで知恵をつけると嫁のもらい手がなくなるぞ、と脅されたものだった。亡くなった夫は専門書ばかりで小説のたぐいを読まない人だったし、夫の実家には立派な文学全集が置いてあったが、誰にも読まれた形跡がなかったから、どう考えても自分の方の血筋だろう。

葉山《はやま》にすばらしい物件を見つけ、確約はできないと言った不動産屋と一戦交えて一週間の仮押さえ（その間、他の客に内見をさせない）を勝ち取った理枝は、上機嫌で東京に戻った。第三京浜はすいていて、窓の外は晴れてまぶしく、そんなことも、あの家を買うべきだというしるしに思える。玉川で高速をおり、遅い昼食を摂ろうと店を探しているときに電話が鳴った。かけてきたのは朔で、いま警察署にいるのだと言った。保護者が迎えに来ないと帰してもらえないから、悪いけど来てくれないかな、と。

「ええっ、どうしたの？　大丈夫？」

事故にでも遭ったのかと思って慌てたが、そうではなく、朔は無事で、友達と舟券を買っているところを見つかってしまったのだと説明された。理枝は一も二もなく、すぐ行くとこたえた。警察署の住所を訊いて、ナビに入力する。舟券というのが何のことかはわからなかったが、大学時代に理枝自身も何度か買ったり売ったりしたことのある、パーティ券みたいなものかしらと想像していた。

警察署はモダンな建物だった。チャコールグレーのそこそこ高いビルで、各階に窓が整然とならんでいる。受付の男性に用件を告げると、エレベーターで三階に行くよう指示された。てっきり取調べ室のようなところに入れられているのかと思ったが、朔と友達（女の子だ）はそこにいた。エレベーターをおりてすぐの、ロビーみたいな場所に。二人とも缶入りのコーラを手にして

いる。近づいていくと、

「お母さまですか」

とそばにいた色黒の男に訊かれ、

「伯母です」

と理枝はこたえる。

「早かったね」

朔が言い、

「車飛ばしてきたもの」

と応じた理枝は、はっとする。時速何キロだしていたのか訊かれたらどうしよう、と思ったのだが、そんなことは訊かれず、ただ別室に案内された。

色黒の男は風紀課の加々美《かがみ》と名乗り、競艇場で制服姿の二人が舟券を買っているのをたまたま目撃し、驚いて声をかけたのだと言った。

「競艇場?」

理枝は驚く。

「はい。ギャンブルです」

加々美は言い、反応をうかがうかのように理枝を見る。随分と目の大きな男で、目の下のたるみが目以上に大きかった。

「平日のまっ昼間に」

とつけ足す。

「あらあ」

つい声がでた。では朔は学校をさぼって、ガールフレンドと博打《ばくち》を打っていたわけだ。

「あの」

女の子が口をはさんだ。

「さっきも言いましたけど、私が誘ったんです。舟券を買ったのも主に私だし」

朔をかばおうとするなんていい子じゃないの、と理枝は思う。物怖《ものおじ》しない態度もあっぱれだ。

「それは問題じゃないの、わかるよね？　未成年者はギャンブルをしてはいけない。法律でそう決められているの。だからきみたちはきょう、法律に違反したの。法律に違反することを犯罪って呼ぶの。わかるよね？」

ねっとりした物言いは気に入らなかったが、加々美に理があることは否めない。

「それは、ご迷惑をおかけしてほんとうに申し訳ありませんでした」

理枝は言い、深々と頭をさげた。

「こんなことがもう二度とないように、ようく言って聞かせます」

二人にも謝らせ、さらにねちねちと続く加々美の言葉（「ほんとうは学校にも連絡しなくてはならないんですが、今回はまあ初めてのようですし、真面目そうなお子さんたちですから……」）をおとなしく聞いていると、遠藤あいり（というのが女の子の名前だった）の父親が到着し（まさに風のように部屋にとびこんできた）、出来事の説明がまた一からくり返される。父親は最初から平謝りだった。娘が競艇に興味を持ったのは自分のせいだし、今回のことはすべて自分の監督不行き届きだと何度も言った。急いでやって来たせいか、随分汗をかいている。高校生の娘がいるにしては若々しい外見の男で、Tシャツにジーンズという服装からして普通の会社勤めには見えない。理枝は、何の仕事をしているのか訊きたくてうずうずした。

書類に署名をし、解放されたときには午後四時を過ぎていた。警察署の建物をでたところで、あいりの父親は理枝にまで詫びた。すみません、爆弾娘で、と言ったのだが、その声音は詫びにしては誇らしそうで、理枝は微笑《ほほえ》ましくなる。父親に職業を尋ねると、飲食店を経営しているのだとわかった。夏の夕方はあかるい。べつに勾留されていたわけでもないのに外の空気がうれしく、理枝は大きく息を吸った。

「さてと。じゃあ説明してもらいましょうか」

遠藤父子と別れて、駐車場に向いながら理枝は言い、そのせいで、車に乗り込むなり競艇のおもしろさを力説される羽目になった。「ただの勝ち負けじゃなくてね、レーサー同士のかけひきが見えるところがおもしろいんだ」とか、「理枝ちゃんも、絶対一度観るべきだよ」とか。

「全然反省してない」

理枝が言うと、朔は急に黙り、

「ごめんなさい」

と言ったけれども。

両親ではなく理枝に電話をしてきたということは、朔はきょうの出来事を、両親には知られたくないのだろう。理枝としても、頼られて悪い気はしなかった。が、大人の良識として、彼らに黙っているわけにもいかない。

というようなことを話すと、

「わかってる」

と朔は短くこたえた。

「あいりちゃん、おもしろそうな子ね」

理枝は話題を変えてみる。

「かわいいし、行動力がありそうだし、ちょっと、昔のあたしみたい」

「ええっ」

朔は笑った。

「似てないと思うけど」

こんなふうに――と、愛車を走らせながら理枝は考える。こんなふうに、朔があたしを頼ってくれるのはいつまでだろう。大学に入学するまで？　社会人になるまで？　それとも恋人ができるまでだろうか。いずれにしても、そう遠いことではないはずだ。


ラルフが子犬だったころのことを、早希はよく憶えている。のちには賢くて穏やかで忠実な、子供たちにもやさしい最高の犬になったけれども、子犬のときにはやんちゃで、片時もじっとしていなかった。身体《からだ》は小さくても力は強く、フロアランプとか鉢植えの植物とか、立っているものはともかく倒すと決めているようだった。カーテンをくわえてひっぱって、レールを壁からはずしてしまったこともあるし、籐編《とうあ》みのランドリー・バスケットをばらばらに破壊したこともあった。ベッドに飛び乗れるようになると、布団をめちゃくちゃに裂いて部屋じゅうに羽根を舞いあがらせた（あのときは、ほんとうに雪景色のようで美しく、まんなかにぽつんといるラルフがかわいくて、早希は写真に収めずにいられなかった）。どれも、いまとなっては胸が痛いくらいなつかしく、幸福だった日々の思い出だが、当時はいちいち大騒ぎだった。ラルフのエネルギーは無尽蔵で、ふりまわされる早希は疲労困憊《こんぱい》した。

黒いトイプードルは、ラルフとはまったく違った。家に連れて来られた当初はあちこち調べるように動きまわったが、三日もすると落着き、それからはずっと、早希には信じられないほどおとなしい。最初の検診の日に獣医師に、どこか悪いのではないかと訊いてしまったほどだ（健康体ですと太鼓判を押された）。マル（顔がまるいからマル、という安直な名前は次男がつけた）は決して吠《ほ》えず、起きているあいだは一日じゅう早希のあとをついてまわる。食欲はあるので一安心ではあるのだが、玩具《おもちゃ》には全く興味を示さない（が、投げてやると、早希に義理立てするかのように、しぶしぶ取りに行ってくれる）。トイレもすぐに覚え、いまのところ失敗は一度しかない。

驚くほど手のかからない犬なのだ。そして、たじろぐほどかわいい。早希は、自分が犬の体温や皮膚の薄さややわらかさ、抱いたときに腕にのせてくる小さなあごの感触や、ふっくらと乾いた肉球のさわり心地、言葉ではなく目と全身で訴えかけてくるもの、といったあれこれを、こんなに欲していたとは思ってもみなかった。
　早朝、早希が庭にでるとマルもついてくる。いま、庭は隙あらば雑草が伸びてこようとする季節で、残してもいいそれと抜くべきそれの選別に時間がかかる。幹に穴をあけるカミキリムシや、葉を喰《く》い荒らすカタツムリを見つければ駆除しなければならないし、何かの葉裏に正体不明の黒い卵でもついていれば、一枚ずつ歯ブラシを使ってこすり取る必要もある。そのあいだずっと、マルが足元にいるのだ。玩具には興味を示さないのに、水まきのホースにじゃれつくのが好きなこともわかった。脚といわず鼻先といわず泥だらけになることは目に見えていたので、はじめの何日かは犬を部屋に残して早希だけが庭にでた。そのたびにマルはまるで今生の別れのように切なげな声をだし、早希が心を鬼にしてガラス戸を閉めても、早希が戻るまで一歩もそこを動かなかった。ガラス越しにじっと見つめられていることに耐えられず、戸をあけてしまうまでにたいして時間はかからなかった。そしていまや、作業をしながら、気がつけば早希はマルに話しかけている。誰にもわずらわされずに一人で植物と過す時間が好きだと思っていたのに、あっというまにマルのいないその時間は考えられなくなってしまった。

　ベランダのみならず、二階にある風呂場の窓からも山がみえる。理枝はそこが気に入っていた。駅からは離れているがバスがあるし、車をお持ちなら問題ないでしょうとか、近隣は比較的年配の居住者が多く、落着いた暮しぶりなので騒音などのトラブルはないとか、徒歩圏内のべつな住宅地には若い家族も多いので、街の発展も望めますとか、理枝がすでに聞いたことを、不動産屋の女性は香坂に話している。

購入の最終決定の前に、一度いっしょに物件を見てほしい、と出会って間もない香坂に頼むのは気が引けた。というか、率直に言えば業腹だった。まるで、男に頼らないと何も決められない女みたいだからだ。が、家は理枝にとっても大きな買物であり、自分だけで判断するのは不安だった。民子と薫さんに頼むことも考えたが、あの二人はこういうことに不向きというか、景色の良さや内装のちょっとした工夫ばかりに気をとられ、やたらと素敵がりそうな気がした。

「いいじゃないですか」

家のなかをひととおり見てまわると、香坂は言った。

「窓の位置がよく考えられていて、風が通りそうなところがいい」

と。

リフォーム済みの中古物件だが、購入後に、理枝はさらに手を入れるつもりだった。リビングの床材が気に入らないので張り替え、照明器具はすべて取り替える。やや暗い印象のキッチンの壁も、塗り変えたかった。

「そろそろ来るはずなんだけどな」

香坂が言ったのは、理枝がその場からひきあげようとしたときだった。

「誰が？」

驚いて尋ねると、知人の不動産鑑定士だという返事で、何も知らされていなかった理枝は憤慨すべきか感謝すべきか一瞬迷う。そして、後者を選択した。

台所の窓をあけているので、小鳥の声がよく聞こえる。ピチュピチュとかチュリリとか弾《はじ》けるような声のあいまに、聞き間違えようのない明晰《めいせき》さでウグイスの鳴き声が聞こえ、今年は随分遅くまで鳴いているのねと薫は思い、大量の青山椒《あおざんしょう》の実を枝からはずす作業の手を止めた。小鳥が鳴くのは求愛と、巣作りの際に必要な威嚇のためだと聞いたことがあった。ということは、鳥の世界にも晩婚というか、晩生《おくて》の個体がいるということだろう。そう思うとなんとなく微笑ましかった。

青山椒の実は、毎年和歌山の農家から送ってもらっている。さっと塩茹《しおゆ》でして水にさらし、冷凍しておけば一年中もつ。実を枝からはずしていると、自分の指先から清々《すがすが》しい匂いが立ち、ああ今年も夏が来たなと感じる。山椒の実を、薫の夫は「あのまるいの」と呼んだ。胡椒粒《こしょう》だってまるいし、そんなことを言えばぶどうだってグリンピースだってまるいのだが、夫が「あのまるいの」と言えば山椒のことで、それを使った料理を彼は好んだ。だから薫もはりきって、肉といっしょに煮込んだり、揚げものに使ったり、ごはんに炊き込んだりした。いまもするし、するたびに夫の、「お、あのまるいのだね」と言う声とそのときの表情を思いだせる。思いだすのではなく思いだせるのだ。そう考えて、薫はちょっと笑う。夫はもう死んでしまったから、私はいつでも好きなときに、彼を思いだせるし、彼の存在をすぐそばに感じられる。生きている男性はいてほしくないときにもいるし、いてほしいときにはいなかったりするものだ。

青々した実を沸騰した鍋のなかにばっさりと入れ、民子にしても理枝や早希にしてもまどかにしても、生きている男性とつきあわなくてはならない人たちは大変だわねと薫は思う。民子にいまそういう相手がいるのかどうかはわからないにしても。

15

氷水の張られた金盥《かなだらい》のなかに、大きな西瓜《すいか》が一つ入っている。それが殺風景な部屋の中央に鎮座しているさまはどこか異様で、民子はその場に立ちすくんだ。

「お土産って、これ?」

「そう」

百地《ももち》はこたえ、

「大きすぎて冷蔵庫に入らないだろうと思ったから、盥も買っておいた。風情あるでしょ」

と言う。つっ立ってないで坐《すわ》って、とも。

「香川県って、西瓜の名産地なの?」

「名産地かどうかは知らないけどさ、たくさん売ってて、おいしそうだったからクール便で送ってもらった」

それはお土産というより自分がたべたくて買ったに近いのだろうし、日時指定で呼びだされたことを思うと勝手な奴《やつ》だと感じないでもなかったが、わざわざ金盥や氷を用意して演出するまめさというか、暇人ぶりは憎めなくもあった。

「来年のカレンダー用？」

角度を変えて何枚も西瓜の写真を撮っている百地に、民子は尋ねる。退職後に百地が始めた幾つものアクティビティのなかに、カレンダーの自作があることを知っているからで、日記代りに撮りためた写真のなかから出来のいいものを選んで小部数だけ作るそのカレンダーを、百地は民子にも送ってくれる。他に彼がそれを配っているのは息子二人と妹だそうで、家族なみに気を許してくれているのかと思うと嬉《うれ》しい反面、そんなものをもらっても困るという気持ちも民子にはある。元広告代理店勤務だけあってカレンダーの仕上がりは美しいのだが、百地の日々を記録した写真というのはのぞき見みたいで気恥かしく、とても使う気になれない。昔の百地にはもうすこしデリカシーがあったのではないかと民子は思い、しかし思うそばから自信がなくなる。もしかすると昔から、こういう部分ではナルシストでデリカシーを欠いた男だったのかもしれず、若かった民子にはそれが見えなかった、という可能性もあった。

十分に写真を撮り終えたらしい百地は包丁とまないたを持ってきて、西瓜を切り分けてくれる。

「あとで半分持って帰って。薫さんと理枝ちゃんに」

気前よく言われ、民子はデリカシー云々《うんぬん》と考えたことをすこし申し訳なく思った。

「で、旅はどうだったの？」

日本のあちこちに、目的なく、思い立ったらふらりと行く、というスタイルの旅も、百地が退職後に始めたアクティビティの一つだ。

「よかったよ、すごく。豊島《てしま》っていう島がとくによかったな、暑かったけど」

西瓜をたべながら、百地はその島にあるという美術館について語った。「水と光と風が体感でき」て、「いつまでもそこにいたくなるような空間」だったというその建築物について。

「コンクリートでできてるんだけど、たぶん特殊な素材なんだろうな。あちこちから湧く水がまったくしみ込まなくて、転がったりくっついたりするんだよ、すーっと、音もなく静かに」

と説明されてもよくわからなかったが、

「ほら、子供のころに、窓ガラスについた雨粒が流れ落ちるのをじっと見たりしなかった？　あんな感じ。それが床で起きる」

と言われると見てみたくなった。

「天井が二か所、大きくまるくくり抜かれていて、俺が行ったときは晴れてたから光が降り注いでたけど、雨の日は水が降り注ぐわけで、それはそれで見てみたいからさ、あした雨だったらまた来よう、なんて思ったんだけど、降らなかった」

西瓜は甘く、みずみずしかった。百地が語るその建物の話（天井の開口部には透明なテープが緩く張り渡されていて、そよぐので「風が可視化される」らしい）を聞きながら、これは、と、民子は思いがけない感慨にぶつかる。これは、遠い昔にぼんやりと思い描いていた老夫婦の図にきわめて近い、というのがその感慨で、少女のころの自分が、老夫婦というものをいかに表面的にしか想像していなかったかを思い知らされた。縁側でお茶をのむとか（このマンションに縁側は勿論《もちろん》ないが）、夏にはこうしていっしょに西瓜をたべるとか、穏やかな日常がまずあり、そのなかで彼らがすることといえば話すことのみで、肉体的接触などは疾《とう》に排除されている、というのが当時の民子のイメージだった。百地と自分は老夫婦（というか、そもそも夫婦）ではないが、期せずしてイメージ通りのことをしている、と思うと可笑《おか》しかった。

「そういえば、このあいだ教えてくれた映画、おもしろかったわ」

旅と美術館の話題が一段落したタイミングで民子は言った。脚本家の男性の目を通して描かれる一人の老女（謎の多い頑固者で、車上生活をしている）の話で、民子はきっと好きだと思うから観《み》てみて、と百地に薦《すす》められて観たイギリス映画だ。別れてこれだけながい年月がたつのに好みを言い当てられたことは癪《しゃく》にさわったが、映画自体は確かによかった。

「母にも薦めたんだけど、そんな辛気臭そうなものを観るのは嫌だわって言われちゃった」

民子が言うと、ははは、薫さんらしい、と笑ったあとで百地は、

「じゃあ、『ジーサンズ』薦めてみて。あれは笑えるし、質もいいから」

と即座に別な映画のタイトルを挙げる。デリカシーの問題はあるにしても、記憶力と瞬発力は認めざるを得ない。

「それもネットフリックス？」

「そう。こっちはばりばりのアメリカ映画。爺《じい》さんたちの話だからって『ジーサンズ』という邦題なのは若干大胆すぎる気もするけど、潔いとも言えるよな」

そして百地は解説を始める。原題が何で、誰と誰がでていて、冒頭がどうで、ああなって、こ

うなって――。

「やめて」

民子は手のひらを前にだす仕草と共に言葉の奔流を止める。

「全部話そうとするのはやめて。観るたのしみがなくなる」

わかった、と百地は素直に応じたものの、

「でもこれだけは言わせて」

と続けて最後の場面を語り始める。絶対こうだと思わせて、実はこうなんだよ、と事細かに。全然わかっていないと民子は思う。わかっていないし、わかろうとしていない。民子は呆《あき》れると同時に笑いたくなる。この人に言っても無駄だ、と思うこともまた、きわめて老夫婦的だと思ったからだ。

ボウリングなど何十年ぶりだろう。理枝はまず、レーン全体が妖しいブルーの光に照らされていることに驚いたし、各ブースにテレビ画面のようなものがあり、スコアが自動的に集計されることにも驚いた。昔は受付で紙と鉛筆を渡されたものだ。が、もっとも驚いたのは、投げるときに右手と右足が同時にでていると指摘されたことで、香坂によれば、右手で投げる場合は左足が前、というのが常識らしい。そんな常識を理枝は聞いたことがなかったが、驚いたのはその点ではなく、自分の非常識なフォームを、これまで誰も指摘してくれなかったという事実だった。これでも昔は友人たちと（民子や早希とではなく、そのときどきの恋人や他大学の学生、高校時代の友人たちなんかと、あるいは留学先だったカナダの田舎街でも）、社交的遊興の一環としてボウリングを愉《たの》しんだものなのに――。

「信じられないわ。みんなどうして教えてくれなかったのかしら」

理枝は憤慨した。

「あたしのフォームが変なのに、見て見ぬふりをしていたってことでしょ？　それってつめたくない？」

「まあ、そう興奮しないで」

香坂は言い、

「独特のフォームを清家さんの個性として尊重してくれてたんじゃないかな」

となぐさめてくれた。

けれど結局のところ、左足を前にだそうと意識すると歩幅が変になり、投げるタイミングを逸してしまう、と判明するのにそれほど時間はかからなかった。ぎくしゃく投げて三回連続ガターをだした理枝は苛立《いらだ》ち、〝常識〟にはとらわれずにいこうと決める（香坂は、それで全然構わないと言ってくれた）。

昔に比べ、ボウリング場の音響がよくなっていることにも理枝は気づいた。どういう仕組なのかわからないが、ボールの転がる音やピンの倒れる音が増幅して聞こえる。

「香坂さんってほんとうになんでもできるのね」

理枝は何度もそう呟《つぶや》いた。ストライクやスペアを楽々と重ねる男を目のあたりにしての正直な感想だったが、自分の口調に微妙な棘《とげ》を感じて戸惑う。これは一体なんの棘だろう。

五ゲームもするとくたくたになったので、ボウリング場をでた。暑い。午後六時の空は青白くあかるく、街は人が多くてまだ昼間のようといってもよくて、理枝は現実感が揺らぐのを感じる。薄暗く(妖しいブルーのライトつき)、寒いほど涼しく、あっちでもこっちでもボールの音が響いていたあの場所に、自分たちはほんとうにさっきまでいたのだろうか。


朝顔柄、麦わら帽子柄、ひまわり柄、花火柄——。買い揃《そろ》えてある葉書のなかから相手のイメージに合いそうなものを選んで、薫は暑中見舞の返信を書いている。昔は葉書も手紙もしょっちゅう(それこそ毎日のように)書いていたのに、いつのまにかすっかり筆不精になり、年賀状も暑中見舞も、届いたものにだけ返信する形式に落着いてしまった。自分からは出さないのに、いただくとうれしいのだからゲンキンなものだと薫は自分で苦笑する。

使い慣れた万年筆がいちばん書きやすく、どうしてもそれで書いてしまうのだが、民子にみつかると小言を言われる。雨に濡れたらインクが滲《にじ》んで読めなくなるし、最近は郵便局の人が気を遣ってビニール袋に入れてくれたりもするから、その手間が申し訳ない上に反エコだ、と。理解はできるが、何十年も万年筆で葉書を書いてきた薫としては、これまでずっとそれで問題なかったのに、なぜ急に叱られなくてはならないのかと理不尽に感じる。民子はこのごろ怒りっぽい。すこし前には、門灯と玄関灯、それに植え込みのなかに立っている電灯の三つを陸斗《りくと》くんがLEDに替えてくれたと話したところ、いま使っている電球が切れてから替えるべきだし、そもそも陸斗くんは便利屋さんじゃないのよ、と叱られてしまった。もうまどかちゃんのボーイフレンドですらないんだから、と。しかし、薫に言わせればナンセンスだ。まどかちゃんと陸斗くんの関係が変った（とはいえ、また元に戻りそうな気が薫はしているが、まあ、ともかく一応変った）からといって、なぜ薫と陸斗くんとの関係（というほどの関係でもないが）まで変える必要があるのかわからなかった。それに、電球は三つのうち二つがすでに切れていたのだ。ついでにこっちも替えときますね、と言われたら、そうしてもらう方がいいと思うではないか。門灯と玄関灯は脚立に乗らなければ替えられない位置にあるのだし、植え込みの電灯も、カバーを外すのにいつも一苦労なのだから。

薫は知らなかったのだが、LEDは普通の電球よりもずっと長保《も》ちするのだそうだ。色も選べると聞いて、迷わず昔風の暖色をリクエストした。

ご無沙汰しております、と薫は葉書に万年筆で書く。あるいは、お便り嬉しく拝読、と。暑さのこと、日々のこと、思い出話。何々のことがなつかしく思い出されます、とか。そして、きょう返信した五人のうち四人までが夫を介した知り合いであることに気づいてすこし驚いた。夫の親友の未亡人、夫の昔の教え子が二人（そのうちの一人は、夫と薫が結婚式の仲人を務めた）、それに夫の甥《おい》っ子――。残る一人は薫の高校時代の友人だが、特別親しかったわけではないのになんとなく年賀状と暑中見舞のやりとりだけが続いている人で、葉書からのみ得た情報によると、十数年前からご主人と二人で、熱海の介護つきマンションに入居している。もはや会っても互いに相手の顔がわからないに違いないが、それでも親しげな文面を、たぶんどちらも相手が生きてのびていることへのエールを込めて、送り合っている。

ジャジャーン、という声と共に仕事部屋に入ってきた理枝が、きょう、中古の家を買ってきた、と発表したとき、民子が最初に思ったのは、これであのたくさんの段ボール箱がなくなる、ということだった。理枝本人の滞在は、民子が自分でも意外だったことに、構わないどころかむしろ愉しく、母親の相手をしてくれるので助かってさえいるのだが、民子の寝室に収まりきらず、廊下にもリビングにもならべられているあの段ボール箱（必要なものを理枝がときどき取りだすので、ふたがあけられていたりする）だけはじゃまで、床掃除のたびについため息をつく。それがなくなることは、正直なところうれしかった。

きょう契約したというその住宅について、スマートフォンで撮影した写真を見せてくれながら、理枝は熱っぽく語った。日あたりがいいことや風が通ること、土台がしっかりしていることや、海も山も近いこと。玄関の気配がいいとか、お風呂場のタイルが美しいとか——。日本酒をのみすぎて喉が渇いたという理枝は、珍しくワインではなく缶ビールを手にしている。濃すぎる化粧に、エミリオ・プッチのワンピース。

「台所はね、ちょっと大きく手を入れたいと思ってるの。いまのままだと雰囲気が暗いし、冷蔵庫を二台置きたいからレイアウトも変えて」

理枝が言い、民子は驚く。

「冷蔵庫を二台？　一人暮しなのに？」

「そう。夢だったの、大きな冷蔵庫が二台ある家」

民子は黙った。ほんとうに必要かどうかはともかく、夢だったのなら仕方がないと思ったからだ。夢だったのだと言われたら、そこに反論の余地はない。

「他にもこれからあちこち直す予定だから、まだ当分ここにお世話になります」

頭をさげられた民子は、

「もちろん。お気がねなく」

とこたえたものの、ストレスのない床掃除への期待が、たちまちしぼむのを感じた。

「葉山《はやま》か。北海道のナントカ町より近くてよかったわ」

民子は冗談のつもりでそう言ってみたのだが、

「東川町ね」

とこたえた理枝はごく真面目な顔つきで、

「あれ、本気でいいなと思ったのよ。ほらあたし、自慢じゃないけどスキーもかなりやるじゃない？」

と続ける。

「家のなかに暖炉があったら素敵だなとか、北欧の家によくあるような、靴やコートを乾かすための小部屋も造りたいなとか」

民子には、理枝のスキーが〝かなり〟だった記憶はないが、そういうことにしておいた。雪かきや雪おろしはできるのかとか、ハイヒールの出番はなくなるわよとか、友達とも滅多《めった》に会えなくなるのよとも言わずにおく。この年齢になっても全力で夢見がちな理枝を頼もしく思う。

「ビール、まだある?」

民子はあるとこたえたが、理枝はのみ干していたらしく、次の缶をとりに行った。戻ってくると音を立ててプルタブをあけ、香坂の話を始める。きょう、理枝は家の契約をしたあとで香坂と会い、ボウリングをしたらしい。それから焼き鳥屋にくりだして(「洒落《しゃれ》た店なのよ、それがまた」)、日本酒三昧したという。

「こういうのって、はじめてのパターンなの」

理枝は言い、二缶目のビールといっしょに持ってきた、夕食の残りの茹《ゆ》で空豆の皮をむく。

「性的なことに及ばないまま、こんなに何度も会うなんて」

うふふ、とうれしそうに笑って空豆を口に入れた。

「左様ですか」

民子は苦笑する。民子自身の人生に、そういうことは珍しくないからで、でも理枝には新鮮なのかもしれなかった。

「きょうなんて、手をつないだだけで心臓が口からとびだしそうになっちゃったわよ」

理枝の言葉はふいうちだった。

「ええっ?」

つい大きな声がでた。自分がなぜそんなに驚いたのかわからない。が、香坂と寝た、と言われたのなら、こんなに驚かなかっただろうと民子は思った。手をつなぐという行為は、寝るよりも親密なことに感じられる。

「なんか、いいわね、たのしそうで」

他にどう言っていいのかわからなかった。

「そう、いいのよ、これが」

理枝は臆するふうもない。

「もしこれが老いらくの恋ってやつだとしたら、老いらくの恋ってビバよ、最強」

と続け、その理由として、どちらにも自由になる時間が多いことを挙げた。香坂は現役の園長だが、業務の多くは実質的に娘さんに譲っているそうだ。他にも優秀なスタッフが揃っているから、自分がいなくても大丈夫なのだとうそぶいているらしい。

「老いらくの恋ねえ」

民子には、自分たちがそこまで年をとっているという実感が持てないのだが、香坂には孫もいるらしいのだから、十分それに該当するのかもしれなかった。

「趣味の多い人でね、アマチュアのチェスの大会にでるとか、仲間とツーリングに行くとか、いろいろ自由にやってるの。自分の世界を持っている男っていいわよね。ほら、よく聞くじゃない？　夫が定年になって、急にやることがなくなって、毎日家でごろごろして、妻はそれがストレスだとか。こう言っちゃ何だけど、早希のところなんか、もうじきそうなりそうな感じよね」

「うーん、どうかしらね」

民子にはわからなかった。

若いころには、いつか自分にも生活を共にする男性が現れるのだろうと思っていた。百地と別れたあとも、民子は何人かの男性と、ときどき会って食事をしたり、そのあとベッドを共にしたりした。それぞれに魅力的な男性たちだったが、既婚者だったり、そうでなくても互いに短期的な関係だとわかった上でのつきあいだったりし、民子としても、それでまったく構わなかった。会っているあいだが満ち足りていればいいのであって、家に帰れば両親（途中からは母親だけになってしまったが）がいたし、大切な仕事もあった。そして、それでもいつか自分にもそういう男性たちとは別種の相手が現れて、家庭を持ったりするのだろうと根拠なく考えていたのだから、いまふり返るとおかしなことだ。あるときから、そういう相手は自分には現れないのだろうと思うようになった。そのとき、淋《さび》しさ（がなかったわけではないが）より安堵《あんど》の方が大きかったことを憶えている。なんだ、そういうことだったのか、という、目の前の霧が晴れて視界がクリアになるような、それは安堵だった。

「ちょっと、聞いてる？」

理枝に顔をのぞき込まれ、民子はびくりとする。

「ごめんなさい、なんて言ったの？」

「手をつながれたくらいであんなにどきどきしちゃうなんて、あたし、少女みたいでかわいいわよねって言ったの」

理枝はしゃあしゃあと言い、空き缶をぱしっと握りつぶした。

16

清家朔《さく》はいま、永井豪《ながいごう》の『デビルマン』全五巻、五十三話にハマっている。伯母に薦められて読んだのだが、これが驚くべき話なのだった。人間がデーモンと合体してしまうというのも凄《すさ》まじいが、主人公の親友である飛鳥了《あすかりょう》の、意表を突く出自にもふるえた（サイコジェニーが「お迎えに参りました」と言う場面を読んだとき、朔はほんとうにとり肌が立った）。

自室のベッドに仰向《あおむ》けになり、三巻目をまたぱらぱらめくる。一巻目と二巻目はあいりに貸しているのだ。伯母は、小学生のころにこの漫画に夢中になったと言っていた。そんな大昔に、こんな作品を描く人がいたことに朔は驚愕《きょうがく》する。

ノックの音がして、

「入るぞ」

という父親の声が聞こえた。朔は本を閉じて身を起こす。

「なに？」

入ってきた父親は何も言わない。居心地が悪そうに、ただ立っているのはずるいと朔は思った。こちらは何も悪いことをしていないのに、悪いことをしているような気にさせられてしまう。

「坐れば」

それでそう言った。父親は「ありがとう」とこたえて、ベッドに腰をおろす。隅に立て掛けてあるスケートボードに目をとめて、

「最近は乗ってないのか？」

と訊《き》くので、

「うん。あんまり乗ってない」

と、朔は正直にこたえた。

「そうか」

父親は言い、ややあって、

「ギャンブルの子とつきあっても、俺はいいと思う」

と唐突に話題を変える。

「あいり」

朔は訂正した。

「やめてよ、ギャンブルの子とか言うの」

競艇場で補導されたことを知ると、予想はできたことだが母親はパニックを起こした。その結果、朔は「ギャンブルの子」とのつきあいを禁じられたのだが、そもそも従う気はないのでどうでもよかった。

「うん、そうだな、あいりちゃんだ」

父親は続ける。つきあってもいいけれど本格的な男女交際は早いと思うとか、女装は不健全だとか、男の子の友達も大切にしてほしいとか。

「あいりと、ていうか誰とも本格的な男女交際なんてしてないし、メイクもスカートももともと今年までが限界だろうと思ってたからやめるし、男の友達とも普通に遊んでるよ」

朔は言い、父親を安心させた。

「そうか」

父親はほんとうに安心したらしい顔になる。そして、

「そういえば、宮本くんは元気か？」

と訊いて朔をかなしい気持ちにさせる。息子の友達の名前を他に思いだせなかったのだろうとわかったからで、でも中一のときの同級生で仲よくなった宮本とは、中二でクラスが変ってから疎遠になり、別々の高校に入学してからは、一度も会っていない。

「元気だよ」

けれどそうこたえた。まあ、たぶん、元気だろう。

そうか、とこたえて微笑《ほほえ》んだ父親は、ベッドから立ちあがる気配がない。まだ何かあるんだろうか、と朔は不安になる。

「何？」

尋ねると、父親は言いにくそうに、

「伯母さんのことだけど」

と言った。

「補導されたとき、お前、お母さんじゃなく伯母さんに連絡しただろ？　お母さん、それがショックだったみたいで」

と。

「あの人は俺の姉さんだし、根はすごく真面目《まじめ》でいい人なのを俺は知ってるけどさ、なんていうか、自由すぎるところがあるし、もともと彼女とお母さんは反りが合うとは言えなかったから」

「知ってる」

朔はこたえた。

「知ってるけど、二人の反りが合わないことは、俺とは関係なくない？」

「まあ、そう言うな」

父親の言葉に朔は苛立つ。母親が父親に、理枝への文句をならべ立てるのを、朔は何度も聞いたことがあった。あの人は「えらそう」だとか「非常識」だとか、「朔に悪影響を与える」とか「身勝手」とか、「お義母《かあ》さんを看取《みと》ったのは私たちなのに、家をのっとられたみたいに思ってる」とか——。父親は一切何も言わないか、「うん」とか「わかってる」とか弱々しく呟くだけなのだが、そういうときにこそ、「まあ、そう言うな」と言うべきではないのだろうか。

父親はまだ何か喋《しゃべ》っている。部屋に貼《は》られた劇場のポスターがどうとか、お母さんだってやきもちやいちゃうよなとか。何だそれ、と朔は思う。母親がやきもちとか、かんべんしてほしい。

「あのさ、言いたいことはわかったから」

いまはただ、父親に部屋をでて行ってほしかった。

午前十一時、早希はソファにジョアンナとならんで腰掛けている。テーブルには本（教室で使うテキストではなく小説や詩のペーパーバックで、疑問に思った箇所に付箋が貼ってある）と、コーヒーと焼き菓子。これまで教室でしか会ったことのなかったアメリカ人英語講師が自宅の居間にいるというのは、ひどく奇妙な気持ちのすることだった。どこか現実感を欠いているというか、架空の人物がいきなり目の前に現れた感じというか。

窓の外は晴れた夏の日で、九十分の予定の授業時間はあと三十分残っているが、

「他に質問は？」

と問われた早希は、ノーとこたえる。実際、きょうのところは十分だった。immigrateとmigrateはどう違うのかとか、nice talking to youに対して、me tooではなくyou tooとこたえるのはなぜか、とか、本を読んだりドラマを観たりしていてひっかかったことを訊けたし、小説のなかでまったく意味のとれなかったパラグラフを、一文ずついっしょに読むこともできた。

早希は英語を学ぶことが好きだが、いま通っているスクールは個人授業でもテキスト重視のシステムなので、テキストと関係のない質問をする時間が数分しかない（講師によってはその数分すら割いてくれない）という難点があった。もうすこし自由なシステムの学校を探そうかと考えていた矢先、ジョアンナがスクールとは別に、個人授業もしているという噂《うわさ》を聞きつけたのだった。噂では授業はオンラインのみという話だったが、オンラインの苦手な早希がためしに頼んでみた。

みたところ、午前中なら、という条件つきで、出張授業をひきうけてくれた。

最後の三十分は雑談に終始したが、雑談といえども英語だとそれなりに疲れ、スクールよりも充実したトレーニングになったと早希は思う。ジョアンナが犬好きなこと（後半は、ずっとマルを膝にのせていた）や、日本に来て二年になること、その前には上海《シャンハイ》に住んでいたことなどもわかった。一か所にながく留《とど》まっていられない性質《たち》で、次はソウルに住んでみたいのだそうだ。勇敢なのねと早希が言うと、ただwandererなだけ、という言葉が返り、風来坊を英語ではワンダラーというのだと学べた。家族旅行さえ直前に億劫《おっくう》になってしまう自分には、縁遠い言葉であるにしても。

ジョアンナを見送ったあと、食料の買物メモ（昔はそんなものなしでスーパーマーケットにでかけていたが、いまはメモがないと、何かしら買い忘れる）をつくっていると、理枝から電話がかかった。ついに家を買ったのだそうで、近くにいいレストランもあるから、家を見がてらドライブに行こうという誘いだったが、日にちが決っても話は終らず、欲しいシステムキッチンの寸法が合わないとか、海外から照明器具を取り寄せるのに時間がかかるとか、配線の関係で冷暖房設備が希望通りにならないとか、悩みだか愚痴だか自慢だかわからないものを三十分近く聞かされた。

「終《つい》の住処《すみか》だから妥協はしたくなくて」

と言われても、

「そうでしょうね」

としかこたえようがない。

「ほら、あたしは昔から美意識の人じゃない?」

と言われれば否定はできないが、美意識の人というのがどういう意味か、早希にはよくわからなかった。

「でも、よかったじゃないの、いい物件が見つかって」

居候なんてさぞ肩身が狭いだろうと早希は思うが、それは普通の神経の持ち主の場合であって、理枝にはあてはまらないのかもしれない。

「まあ、そうね。土台がしっかりしていて状態のいい家だっていうのは、不動産鑑定士のお墨つきをもらったから」

理枝は声をあかるくする。

「その鑑定士、彼が連れてきてくれたんだけど、なんと、元園児だっていうの。びっくりじゃない? 自分が通った保育園の先生と、大人になってからまでつきあったりする? 普通はしないわよね」

自分の質問に自分でこたえ、理枝は話し続ける。

「あの人の人徳なんだと思うのよ。園をでて小学生になった子供たちもしょっちゅう遊びに来るみたいだし、なんかね、好かれてるの。保護者からの信頼も厚いらしくて、このあいだもね、電話で何かの相談に乗っていて――」

〝彼〟の人徳についてうれしそうに話す理枝の声を聞きながら、この人のエネルギーは無尽蔵なのだろうかと早希は驚く。どういうつきあいなのかは知らないが、理枝は完全に恋愛モードのようだ。二度の結婚と離婚（のようなもの）を経てなお、男性に対してそんなモードになれることが信じられなかった。早希はもう絶対にそんなモードになれる気がしないし、なりたくもない。自分の心身は、断固、自分だけのものにしておきたかった。

たった三週間——。まどかは自分の回復力に感心する。陸斗の不在に茫然《ぼうぜん》として、どうしていいかわからず、ゾンビみたいになっていた日々は突然——不思議な自然さで——終息した。終息してみれば、陸斗にあんなに拘泥していた自分が変に思える。出会う前は、陸斗なしで十全にやっていたのだ。そのころの自分が戻ってきたことがなつかしかった。

細かい泡が勢いよくでてくるお湯に女友達とならんでつかり、まどかはほとんど幸福といっていい気持ちだ。ホワイトイオンバスと名づけられたこのお風呂は、ちゃんと身体《からだ》をのばしてつかれるよう、縁にそって、一人分ずつ仕切りがある。

「あー、きのうの筋肉痛が溶けてくー」

隣で文月《ふづき》が言い、

「ほんとほんと」

とまどかも応じる。三連休初日のきのう、まどかは学生時代の女友達四人で大雄山《だいゆうさん》に遠足に行った。緑の濃い山道を歩き、信じられないほど長い石段をのぼりおりした。そしてきょうは、四人のうちの一人である文月と都内の入浴施設に来ている。フィンランド式のサウナがあったり釜風呂があったりするこの施設にまどかが来るのははじめてだが、文月は常連であるらしく、割引き券を何枚も持っていた。

「おいしかったねー、きのうの鰯《いわし》」

文月が言い、

「うん。おいしかった」

とまどかはこたえる。帰りに寄った小田原の居酒屋で、お通しに大量の鰯の刺身がでたのだ。たべたねーとか笑ったねーとかお湯のなかでぽつぽつ言い合ったあと、

「やっぱり学生時代の仲間がいちばんだな、私には」

と文月が言ったので、まどかは何年ものあいだ、自分の心を陸斗だけに占領させていたことで、結果的に友達をないがしろにしていたという事実に気が咎《とが》める。陸斗と出会ってから、まどかの〝いちばん〟はつねに陸斗だった。

「ジョンちゃんの家にね、いま理枝さんっていう友達がいっしょに住んでるの」

まどかは言ってみる。つきあいのながい文月はジョンちゃんというのが誰のことで、まどかにとってどんな存在なのか知っている。

「その二人も学生時代の友達で、なんかね、見ていると、もはや親戚みたいになってるの。ジョンちゃんはうちのママとおない年だから、ええと、今年五十七かな、五十六？　そんな年。ていうことは、四十年近いつきあいなわけじゃない？　びっくりするよね。私たち四人もそんなふうになるのかな」

「どうだろう。想像できないな。でも、なるんじゃない？　生きていれば」

生きていれば――。ほんとうにそうだとまどかは思う。実際、まどかの母親はジョンちゃんとおない年なのにもういないのだ。

ざばん、と水音を立てて文月が起きあがる。

「そろそろでないと」

丸い大きな時計を指さして言った。おなじ施設内の、マッサージの予約時間が迫っていた。午後六時、色気のない館内着姿で、まどかは文月とビールをのんでいる。サウナ、お風呂、マッサージ、夕食、とたっぷり半日たのしんで、入館料二千八百五十円なら安いものだとまどかは思う。連れてきてくれた文月に感謝すると、

「なんのなんの、他にもいっぱいたのしい場所がありますよ」

と言われた。これまで陸斗べったりで、女友達からの誘いを断りがちだったまどかは浦島太郎あつかいだ。情報通の文月は四人以外の同級生たちの消息を、「子を産んだ」とか「フルマラソンにでた」とか、「変な宗教にハマっているらしい」とか「おしゃれなマダムになってる」とか、ひどくざっくりした表現で教えてくれる。二日連続で会っているのに、話題の尽きないことが不思議だった。まどかがいちばん笑ったのは、文月が会社の先輩のものまねをしたときで、その先輩女性社員（四十八歳の部長代理）は、社内で誰かに話しかけられたり、パソコン操作が上手《うま》くいかなかったりすると、「にゃっ？」と猫語を口走るのだという。真面目な顔で、すこし首をかしげて「にゃっ？」とやってみせる文月が可笑《おか》しくて、まどかは苦しいほど笑った。

こんなふうに女友達と会うとき、すこし前までのまどかは陸斗からの着信が気になって、会話に集中できなかった。家に帰ったら必ず帰った連絡をすることになっていたし、だからどんな一日も、どこにでかけた場合にも、目的がその連絡みたいになっていた。いまのまどかは、陸斗にではなく自分に腹が立ってしまう。なんて不健全だったんだろう。何年ものあいだ、陸斗の目を通してしか世界を見てこなかったなんて。そして、陸斗の目を通すと、たとえば文月は「はっきり物を言いすぎてこわい」女になるのだし、他の友人たちにしても、「遊んでいそう」とか「話が合わない」とかの理由で、のきなみ「苦手」に分類されるのだ。考えてみれば、これまでにまどかが紹介した女性たちのなかで、陸斗が好感を持ってくれたのはジョンちゃんと薫さんだけだ。その二人についてさえ、いつだったか好きな理由を訊いたとき、「女っていう感じがしなくて楽」とか、失礼なことを言っていた。

「私、いままで目が曇ってたかも」

まどかが吐露すると、勘のいい文月は何の話かすぐに察して、

「そうよ」

と力強くうなずいてくれる。陸斗にふられた顛末《てんまつ》は、きのう、大雄山の清々《すがすが》しい空気のなかで、みんなに報告済みだった。

「にゃっ」

まどかは言い、笑ってみせる。

〆切《しめきり》に一日遅れて短編小説を一本仕上げ、布団に入ったときにはおもてで小鳥が鳴き始めていた。長時間集中して書いたあとはいつもそうであるように、疲れているのに頭の芯が興奮していて寝つけず、そのうちに母親が起きだしてきて台所で立ち働く気配がし、うとうとしかけては物音やコーヒーの匂いに反応して目をさますことをくり返していると、

「おはようございまーす」

という理枝の声が聞こえた。それでもなんとか眠ろうと民子は目を閉じ続けていたが、ゴガゴガ、ゴガゴガ、という大きな機械音に驚いて飛び起きてしまった。ゴガゴガ、ゴガゴガ。

「何の音なの?」

あきらめて立ちあがり、尋ねると、

「あら、おはよう」

と、母親と理枝の声が揃った。時計を見ると七時半で、断続的とはいえ数時間は寝たのかもしれない。

「毎晩遅くまでのんでるのに早起きね」

民子が言うと、すっぴんながら朝から潑剌《はつらつ》とした表情の理枝は、

「年よ、年」

と反射運動みたいな言葉の返し方をする。

「深酒すればするほど早く目がさめちゃうの」

機械音は、業務用ではないかと思うごついさのジューサーだということがわかった。

「どうしたの？　それ」

どろりとした緑色の液体をピッチャーからグラスに注いでいる理枝に訊くと、

「買ったのよ。新居に置こうと思って」

というこたえが返る。

「あれも」

と視線で示した先には新しい段ボール箱があり、印刷された絵の通りなら、中身はトースターのようだった。引越してから買えばいいのに、という言葉を民子はのみこむ。

「コーヒーちょうだい」

かわりにそう呟くと、すでに（母親によって）用意されていた。パジャマのままコーヒーを啜《すす》りながら、二人がヴォリウムのある朝食を身体に収めるのを見守る。ヨーグルト、すもも、ツナとチーズをはさんだサンドイッチ、ゆうべの残りの里芋の煮物――。朝からよくそんなにたべられるものだと民子は感心してしまう。

「聞いて。朔ったらかわいいの」

理枝が弾んだ声をだす。

「きのう、電器屋で買物するのに荷物持ちとしてつきあわせたんだけど、帰りの車のなかであの子ぽつんと、何て言ったと思う？」

言葉を切り、まるで初デートの顚末を語る若い女みたいに、「きゃーっ」と言って両手で顔をおおう。

「何て言ったの?」

尋ねると、即座に両手を顔からはずして、

「『大学に入ったら理枝ちゃんの家に下宿したい』」

と小声で言った。

「え?」

聞き取れなかったらしく薫が身を乗りだした。

「『大学に入ったら理枝ちゃんの家に下宿して、そこから大学に通いたい』」

文末が少し変っていたが、気に入りの甥にそんなことを言われたら、理枝が狂喜するのも無理はなかった。

「でも、朔くんの家は杉並で、理枝の新居は葉山なんでしょ? 大学に通うの、大変じゃない?」

「あたしもそう言ったの」

喜色満面、理枝はうなずく。

「そうしたらね、横浜市大をめざすって」

再びの「きゃーっ」を聞きながら、民子は何とこたえていいのかわからなくなる。

17

仰向けになって髪を洗ってもらいながら、薫は美容室という場所について考えている。自分のような年寄りでも来るのだし、民子のようなめんどくさがりでも月に一度は通っているらしいのだから、美容室の需要は衰えることがないだろう。服や靴を買わないという選択肢はあっても、髪の手入れを一切しないという選択肢はないからで、新しく客になる若い人がいる一方で、平均寿命がのびているので自分のような古くからの客も減らず、ということは、いずれパンクして客を収容しきれなくなるのではないか——。そんなことを考えているうちにシャンプーは終ったらしく、顔にのっていたタオルが除かれ、椅子の背もたれを起こされた。店のなかはすいていて、薫の他に客は一人しかいない。白と鏡でできた空間を、「段差に気をつけてください」と言われながら歩いて席に坐る。

年をとったと感じてからなのでおそらくもう二十年以上、薫は髪をおかっぱにしている。染めていないしパーマもかけていない。それでも定期的にカットしないとだらしのない印象になるのだから厄介なことだ。昔の人は、と、薫は自分の母親や祖母を思いだして考える。昔の人は基本的に自分で髪を結っていた。鏡台の前に坐り、肩をタオルや布巾でおおって、長い髪に油をつけて梳《くしけず》り、器用にまとめてU字形のピンで留める姿を憶えている。

「前髪、このくらいでいいですか」

尋ねられ、

「ええ、けっこうよ」

と薫はこたえる。鏡のなかの自分の髪は、母親や祖母のそれよりずっと短く（ちょうどあごのあたりだ）、ずっとコンパクトで軽い。

「一度乾かしてから微調整しますね」

美容師は言い、二人がかりで両側からドライヤーをあててくれる。短くて量もすくない髪なのに、二人がかりなんて大袈裟《おおげさ》じゃないかしら、と思ったが、美容室という場所では、されるままになっているよりないのだ。

午前中の出来事を、薫は思いだす。理枝に車をだしてもらって園芸店に行ったところ、ばったり陸斗くんに会ったのだ。薫がそこに行ったのは、大きめの植木鉢と腐葉土を買うためだった。小さな鉢にたわむれに植えた小夏の種が芽をだし、思いの外よく育って、濃緑の葉っぱが窮屈そうにしているので、植え替えようと思ってのことだ。土も鉢も重いので車をだしてもらえないだろうかと頼んだところ、理枝は快くひきうけてくれた。陸斗くんはそこに、上司といっしょに来ていた。いつもとおなじユニフォームのポロシャツ姿で、でもいつもより、若干厳しい面持ちで。薫を見ると笑顔で挨拶をしてくれたが、上司の手前なのか言葉つきが堅苦しく、そのせいで、驚きのあまり薫のあげた歓声――「まあ、陸斗くん！　こんなところで何してるの？」――が不自然に馴《な》れ馴れしく響いてしまった。挨拶以上の会話ができる雰囲気ではなかったので、なんとなくこそこそと（もちろんめあての植木鉢と腐葉土は買って）店をあとにしたのだが、薫は自分が陸斗くんに迷惑がられたようで気が沈んだ。ばったり会って、びっくりして声をかけただけだったのに――。

「こんな感じで大丈夫ですか？」

うしろで美容師が鏡を持っている。

「はい、ありがとう。さっぱりしたわ」

薫は頭をふって髪を揺らし、微笑《ほほえ》んでみせる。

確かに朔の言う通り、競艇はおもしろかった。レースとレースのあいだが随分あくんだな、と思ったのは最初だけで、予想のし方や舟券の買い方を遠藤さんに教わってからは、予想、決定、用紙記入、購入、（当たれば）払い戻し、というサイクルが結構忙しく、時間が足りないくらいだった。朔が予想した分も理枝が記入して買うのでなおさらで、席と券売所の往復（階段が多い）だけでも、いいエクササイズになりそうだった。

高校が夏休みに入り、理枝は朔に頼まれて、あいりちゃんとその父親と、平和島の競艇場に来ている。あいりちゃんの父親である遠藤さんは、息子が生まれたら競艇選手にしたかったというほどの競艇好きで、息子は生れなかったけれどあいりちゃんが生れ、小さいころから競艇場に連れてきてはレースの見方を教えていたところ、いまでは父親に勝るとも劣らない競艇好きになってしまった、ということらしい。

「女子選手もいるのに、娘さんをレーサーにしようとは思わなかったんですか?」

理枝が訊くと、

「思いました。でもヨメに反対されて」

という返事で、

「元ヨメでしょ」

とあいりちゃんが訂正する。

「それに、私はアスリート向きじゃないし」

と。朔からの事前情報によればあいりちゃんの両親は離婚していて、だからきょうは、理枝にとって朔とのデート日であるのとおなじように、遠藤さんにとっても娘とのデート日(というか、面会日)なのだ。

ガラス越しの日ざしがまぶしい。そのせいで暑いので、大抵の観客が避けるこの最前列が、あいりちゃんの気に入りの席らしい。

「あの人、きょうもたまたまいたりしないのかしら」

理枝が周囲を見まわして呟くと、

「誰ですか?」

と遠藤さんに訊かれた。

「あの人に決ってるじゃないの、ほら、あのねちねちした喋り方の刑事。名前は忘れちゃったけど顔ははっきり憶えてるわ」

「加々美《かがみ》」

朔が教えてくれる。

「そう！　加々美。いればいいのに。きょうなら保護者つきだから、何の文句も言われないでしょう？　夏休みで、学校をさぼってるわけでもないし」

「だとしても」

遠藤さんが苦笑する。

「だとしても、僕はもう二度と会いたくはないな」

と。

「あら、弱腰」

まの抜けた音楽が鳴り、ボードに締切三分前の文字がでる。あと三分で七レース目の出走ということだ。舟券はすでに買ってあり、さあ来い、という気分に理枝はなる。ビギナーズラックだか何だかわからないが、これまでの六レース中、三レースを当てていた。遠藤さんに読み方を教わった新聞の戦績データやエンジン情報ではなく、その横に載っている選手の顔写真（好みかどうか）で決めた結果だとしても。

理枝は、自分の服装（ボディコンシャスなワンピースにハイヒール）が競艇場という場所でやや浮いていることに気づいている。が、このあと香坂とクラシック音楽のコンサートに行く約束をしているので仕方がないのだった。

ロンドンのフラットを引き払うとき、自分で決めたこととはいえ、ここを恋しく思うだろうなと思った。フラットだけではなく職場もパブも、スーパーマーケットも友人たちも、街自体もライフスタイルも。別れた男だけは恋しく思わない自信があったが、それでも彼と過した日々はなつかしく切なく思いだされるだろうし、よくでかけたレストランや、散歩をした公園なんかにどうしても戻りたくなって、もしかすると帰国後もしょっちゅうロンドンに来てしまうかもしれない、と思っていた。が、そんな感傷に浸る暇もない、この忙しさはどうだろう。理枝は自分の適応能力の高さに自分で感心してしまう。家を一軒みつけるのも、それを自分好みにカスタマイズするのも大仕事だが、着々とこなしている上、セミナー講師というアルバイトまでみつけた（そこで香坂とも出会えた）。FP一級とかITストラテジストとか証券アナリストとか、とれる限りの資格をとっておいたお陰だ。おまけにきょうはこんな場所にいて、ギャンブルをしている。自分が競艇をする日がくるなんて、ロンドンにいるときには想像もできなかった。

毎年、七月にロンドン郊外で、レガッタがあったことを理枝は思いだす。テムズ河のバッキンガムシャー側とバークシャー側の二レーンに分かれてスピードを競う。無論あれはギャンブルではなく夏の風物詩的なスポーツイヴェントだが、ボートレースである点はおなじだ。

ファンファーレが鳴り、第七レースが始まる。六艇のボートがガレージ（と呼ぶかどうかわからないが）からとびだしてマークをまわり、それぞれの位置につく。

「インがちょっと深いな」

遠藤さんの呟きの意味はわからなかったが、尋ねる暇はなかった。エンジン音があがり、スタートしてしまったからだ。息をつめて見守る。遠藤父娘《おやこ》は「行けー」とか「差せっ」とか「よし」とか「あー」とか賑《にぎ》やかだ。理枝に声がだせるのは最後の直線のみだ（それまでは展開を目で追うだけで精一杯で、声もでないのだ）が、最後だけは叫ぶ。「高橋ー」とか、「服部《はっとり》ー」とか、自分が舟券を買った選手の名前を。

「見た？　見た？」

また予想が当たり、ゴール後の喧噪《けんそう》のなかで理枝は朔とハイタッチして喜び合う。それだけでは足りず、その場で小さく踊った。あたしには競艇の才能があるのかもしれない、と考える。そして、きょう見聞きした新しいこと――入場料がたったの百円だということや、あちこちにスクリーンが設置されていて親切きわまりないこと、レースのスピードや、どれか一艇が転覆したときの衝撃、当り券を入れるだけで配当金が機械からにゅっとでてくるさまなどなど――を、早く香坂に話したいと思った。きっと驚き、おもしろがってくれるだろう。

母親と二人での夕食を終えた民子が、理枝の部屋と化した自室で昔のアルバムをひらいたのは、はずみというか出来心というか、要するにただの思いつきだった。三人娘と呼ばれていたころの自分たちを、目で見てみたくなったのだ。家族写真をきちんとトリミングしてアルバムに貼っていた几帳面《きちょうめん》な父親と違って、民子は学生時代の写真のほとんどを、当時写真屋がくれた安直なアルバムに入れている（残りはネガといっしょに袋のまま保存）。袋状になったビニールが劣化しているせいで中の写真が見づらかったが、それでも雰囲気は十二分にわかり、自分たちの、若さというより幼さに民子は驚いてしまう。入学式や卒業式、旅行、遊園地、学園祭、キャンプ、花見（と称する飲み会）とかスキーとか。いまと違ってスマートフォンなどもちろんなかったので、日常のスナップはすくなく、写真はイヴェントばかり記録している。ほんとうにこんなふうだったのだろうか。民子は記憶力には自信があると思っていたのだが、何枚かの写真はいつなのか、どこなのか、まったく憶えていなかった。

「子供」

民子は声にだして呟く。学生時代、自分ではいっぱしの大人のつもりだったが、写真のなかの自分（たち）は、子供としか言いようのないあどけなさだ。ワンレングスの長い髪に太い眉毛、真赤な口紅をつけた理枝も、当時ハマトラと呼ばれたお嬢さん風の服装で、いまよりずっとぽっちゃりしていた早希も、地味そのもので、化粧っけがなく、どの写真でも紺か茶色の服を着ているように見える民子自身も——。

まるではじめて見たかのような驚きに打たれながら、民子は古い写真を眺める。三人ともいまとは全然違う人間のようなのに、理枝ははっきりと理枝であり、早希は頑固なまでに早希で、おそらく自分もそうなのだろうと思うと、なんだか不気味でおそろしかった。

民子はアルバムを箱に入れて、本棚の上に戻す。見る前には、あとで理枝にも見せようと考えていたのだが、なつかしさではなくおそろしさを感じてしまったいまとなっては、戻す方が無難だろうと思われた。

夏風邪をひいたらしく微熱がでて、しばらく家からでずにいたので、プールはひさしぶりだった。空はどこまでも青く、雲一つない。病気の抜けたとき特有の身体の軽さと、世界と再会したような開放感のせいで、薫は歩きながらうふふと笑う。バスに乗り、見知らぬ人たちと顔を合せることさえ愉しい。

ゆうべ、風呂に入っているときに、ガラス戸から顔をだした民子に、「大丈夫?」と訊かれた。「大丈夫よ」とこたえたのに、民子はさらに、「病院に行かなくてもいいの?」と心配そうに尋ねた。熱もさがり、すこしだけれど食事もして、風呂に入っているときになって――。薫はつい笑ってしまった。まったく民子らしいと思ったからだ。何事につけ、気がつくのが遅いのだ。「大袈裟ね」薫は言い、娘を安心させてやった。「ただの風邪だし、もう治ったわ」と。それは事実だったし、そもそも薫には病院に行く気など最初からなかった。が、民子の思考(もしくは行動)がいつも一歩遅いこともまた事実で、そのことが民子自身の人生に(たとえば子供を持たなかったことや、百地さんとの関係なんかに)、影響しているのかもしれないと思うと胸が痛んだ。自分たち夫婦がのんびり屋に育てすぎたのかもしれない。もういい大人なのだからそんなふうに思うのはおかしいとわかってはいるが、それでもたまに、そんな思いがよぎってしまう。

スポーツクラブの受付に陸斗くんがいた。いつものように「おはよう」と挨拶をしてロッカーに向おうとしたところ、呼びとめられ、

「このあいだはなんか変な態度になっちゃってすみませんでした」

と言われた。

「会社の人といたから、あんまり馴れ馴れしくするのもどうかなと思って」

と。

「こちらこそごめんなさい。びっくりして馴れ馴れしく呼びかけちゃって」

皮肉のつもりではなかったのに、薫の返事は皮肉のように響いてしまう。会社の人に知られて困ることは何もないでしょうに、と不本意に思う反面、会社員としての陸斗くんには会社員としての事情があるのだろうことも理解はできた。

ここに置かれている観葉植物はすべて、あの園芸店からのレンタルなのだと陸斗くんは説明した。植物自体は業者のトラックで定期的に搬入もしくは交換、もしくは撤去されるのだが、担当者とやりとりをする窓口が必要で、その窓口が来月から陸斗くんになるのだとも。

「そんなお仕事もするのね」

薫は感心する。コーチというか、先生みたいな役として雇われているのだとばかり思っていた。

「観葉植物、確かにたくさんあるわね」

これまで気に留めたことはなかったが、見まわすと、途端に幾つも目についた。そういえばロッカールームにもあったし、薫は行ったことがないが、マシントレーニングの部屋とかスカッシュ・コートのあるフロアとか、おそらくそこらじゅうにあるのだろう。

「新しいお仕事は慣れるまで大変でしょうけれど、がんばってね」

薫が言うと、あざっす、と聞こえる声と共に陸斗くんは顔じゅうで笑う。

「あの」

そして言った。

「薫さん、最近まどかに会ってます？」

と、笑みの消えた真顔で。

「会ってないわ。民子にはちょこちょこ連絡があるみたいだけど」

どうして？　と尋ねると、いや、元気にしてるかなと思って、という返事だったので、

「仲直りしないの？」

と訊いてみる。二人が上手《うま》くいっている方が、薫と民子の日常が平和だ、という勝手な都合もあることはあるが、もちろんそれだけではなく、陸斗くんとまどかちゃんは似合いの男女だと、長年二人を見ていて思うからで、実際、

「まあ、いずれはと思ってはいるけど」

という陸斗くんの返事から察するに、お互い意地を張っているだけで、決定的に別れたわけではないのだろう。

「思ってはいるけど？」

促すと、ややあって陸斗くんは両手を腰にあて、冗談めかせた教師口調で、

「もうすこし大人になってもらわないと」

と言った。

「結婚で何かが解決するわけじゃないし、まどかには甘ったれなところがあるから」

と。

「そうねえ」

適当な相槌《あいづち》を打って済ませることもできたのに、薫はつい、

「でも」

と続けてしまう。

「でも、大人になったって甘ったれは甘ったれよ？　民子や理枝ちゃんや、そうでなくてもまわりを見てればわかるでしょうに」

と。さらに、

「八十歳のおばあさんの言うことを信じた方がいいわ。甘ったれってね、決して子供の特徴じゃないのよ」

とも言っていて、一体なぜいま自分はこんなに若い子を相手に本気で物を言ったりしたのだろうかと恥かしくなった。ほら見てごらんなさい、と薫は心のなかで自分を叱る。陸斗くんが困ってるじゃないの、と。

「でも、まあ、陸斗くんはまどかちゃんに成長してほしいっていうことよね」

薫は事態の収拾に努めた。

「大丈夫。若い人はどんどん成長するから」

という大雑把な言葉で。

18

早希にとって意外だったことに、それは落着いた佇《たたずま》いの、クラシックな外観の家だった。木造の二階建て、シャリンバイの生垣に囲まれている。夫婦がここで子供たちを育て、その子供たちはすでに独立した、という印象を抱かせる家だ。築三十五年だというから、事実そういう経緯を経たのかもしれない。

「素敵じゃないの」

早希は素直に感想を述べた。

「あなたのことだから、もっと奇抜な、これみよがしの家かと思ってたわ」

ほんとほんと、と民子がうなずき、なによそれ、と理枝が声をとがらせる。

「二人とも、あたしのことを全然わかってくれてないのね」

と。これぞ夏、という勢いで空は青く、車をおりてまだ数分だというのに、頭のてっぺんが日にあぶられて暑い。「いいレストランがあるからドライブがてら」と理枝に誘われて、葉山に来た早希はいま民子と、理枝の新居を外から（「内装の工事中だから、なかには入れないんだけど」）眺めている。

「静かなところね」

民子が言い、

「見て、トンビ」

と上空を指さした。三人揃って上を向く。

「いるのね、トンビなんて住宅地に。里山の鳥かと思ってたけど」

「すぐそこが山だもの」

理枝が言う。

「大きいわね」

「羽ばたかないのにどうして落ちないのかしら」

「茶色い鳥かと思ってたけど、下から見ると翼の内側は白いのね」

そんなことを言い合ううちに、上を向きすぎて首が痛くなった。「のどかねえ」とか「空気が違うわ」とか、民子と二人で環境をほめながら、こんなところに一人きりで住むなんて心細くないのだろうかと早希は思う。夜は暗いに違いないし、近くに知り合いもいなくて、もし何かあったとき、早希や民子が駆けつけるにも時間がかかる。

「ちょっと待っててね」

理枝は言い、車のトランクをあけて、大きな紙袋をとりだした。それを持って家のなかに入って行く。

「ローストビーフ弁当の差し入れ」

民子が小声で教えてくれる。

「知り合いのシェフに無理を言ってつくってもらったみたいよ。早希を迎えに行く前に受けとりに行ったの」

と、可笑《おか》しそうに。

「知り合いのシェフのローストビーフ弁当？」

「そう」

「デパ地下かどこかで買うんじゃだめだったの？」

呆れて訊いた早希に、

「だめに決ってるじゃないの、理枝だもの」

と民子はこたえ、民子のその口調――すこしも呆れてはいなくて、ただ愉快そうだった――に、早希は虚を衝《つ》かれる。

「民子って、菩薩《ぼさつ》さまだわ」

それでそう言った。

「ずっと思ってたんだけど、あなた、えらいわよ。理枝を何か月もひきうけるなんて、誰にでもできることじゃないわ」

トンビはもういなくなっていた。早希は民子と、所在なく家の前に立っている。

「暑いわね」

民子が呟き、手で顔をあおぐ仕種《しぐさ》をする。そんなことをしても涼しくはならないのに。

「お待ちどおさま。あたしたちもお昼にしましょ」

職人さんたちと話してきたせいか、さっきまでより声のトーンのあがった理枝が戻ってくる。

「さあ、車に乗って」

早希と民子はそれぞれ後部座席と助手席のドアをあけ、従順に乗り込む。

レストランは海辺にあり、理枝は窓際の席を予約していた。すぐ目の前がビーチだ。砂の上に点々とパラソルが立ち、家族づれとか若者のグループとか、水着姿の人たちがちらほらいる。

海も日ざしもすぐそこにあるのに、店のなかはエアコンが効いていて涼しく、白いクロスのかけられたテーブルは、完璧《かんぺき》にセットされている。海を見るのなんて何年ぶりだろうと早希は思う。上の息子が小学生のころ以来だから、十数年たっているはずだ。そう口にすると、

「そんなに？」

と、二人ともに驚かれた。民子は去年沖縄に行ったそうで（「あ、そのあと取材ででかけた富山でも海を見たわ。白砂の浜で、のんびりしたいい土地だった」）、理枝はロンドンにいたころ、よくブライトンまで海を見に足をのばしたという話をした。

「観光地なんだけど、かわいらしい街なの。恰好《かっこう》いい桟橋の残骸《ざんがい》があってね」

「恰好いい桟橋の残骸？」

民子がすかさず訊き返す。

「その『恰好いい』は桟橋にかかるの、それとも残骸にかかるの？」

「それは……、両方よ」

理枝がこたえたところでそれぞれのみものを注文した。この店はワインのセレクトがいいからぜひのむべきだと理枝がしきりに勧《すす》めるので、早希はちょっと気の毒になる。もし自分に運転ができれば、理枝にのませてあげられるのだが。

「その桟橋はね、昔、火事で焼けちゃったの。べつな場所に新しい桟橋ができたんだけど、骨組みだけになった残骸もそのまま残されていて、それがね、恰好いいのよ、威厳があって」

メニューが配られ、三人が同時に鞄《かばん》から老眼鏡をだしてかけたので、三人とも笑ってしまう。メニューは、前菜とパスタとメインをそれぞれ選べるプリフィクス・コースだった。選択肢が多く、料理名の下の説明文がながい。読んでいると、民子が、

「私たち」

と言った。

「私たち、昔からメニューを読むときだけ静かになるわよね」

と。

タイミングよく運ばれる料理はどれもおいしく（早希は前菜につめたいスープを、メインに魚を選び、パスタはバジリコにした）、話題は――理枝と香坂氏の交際が順調なこと（コンサートホールでピアノを聴いたあと、なんと、夜道でキスをしたそうだ）や、早希の生活にマルがどれほどの潤いをもたらしてくれているか（「あなた、絶対に飼わないって言ってたじゃないの」とか、「激怒といってもいい剣幕だったのに」とか、「お嫁さんの思うつぼだわね」とか、早希は散々からかわれた）や、民子の新作小説の内容（初めてのSFらしい）など――次から次に広が

って尽きなかった。

来年は水着を新調するつもりだと理枝が言い、三人でこのへんの海で泳ごうという話になったとき、早希は反対こそしなかったものの、泳ぐ自分など想像もできなかった。来年、もしその計画が実現するなら、たぶん私は浜辺で本でも読みながら、泳ぐ二人を見守るのだろう、と想像する。十年以上前に息子たちに対してそうしたように、と考えてみる。悪くない光景に思えた。きっと理枝ははしゃぐだろうし、民子は黙々と泳ぐだろう。

「絶対にビキニよ」

理枝が言う。

「ヨーロッパのリゾート地では、女性はみんなビキニよ。五十代でも六十代でも、こーんなに太ってて、お尻がはみだしたりお腹が段になったりしてても関係ないの。それが堂々としてて恰好いいの」

「でも、ここはヨーロッパじゃないわけだから」

という民子の言葉など意に介さず、

「おじさまたちがまたいいの。みんな禿《は》げていたり太鼓腹だったりするんだけどね、派手な海水パンツをはいて、胸毛の上に悪趣味な金の鎖とかたらして、トドみたいに寝てるビキニの妻にサンオイルを塗ってあげたりして」

と理枝は続ける。

「向うの人は大人と子供を区別するから、年をとったらとったなりに迫力のある肉体がよしとされるのね。だから痩《や》せっぽちはビキニを着ないわね、貧相に見えちゃうから。あ、もちろん若い子はべつよ」

と。

「まあ、理枝はビキニでも何でも着たらいいと思うわ」

民子が言って、その話はそれでおしまいになったのだが、若いときには、とつい早希は考えてしまう。若いときにはもうすこし痩せればビキニが着られるだろうと思っていた。いま思えばばかばかしいことだが、痩せていなければ女にあらず、という風潮に流されていたのだ。そして、いざ痩せれば貧相すぎて着られないのだから皮肉なものだ。

時計を見ると、二時半を回っていた。お店に来たのが十二時だから、三時間近くもお昼をたべていることになる。この人たちといるとつい時間を忘れてしまう、と早希が思ったとき、隣で民子が「わかった」と言った。

「わかった?」

訊き返すと、民子は早希の腕時計を指さして、珍しくやや興奮した口ぶりで、

「その仕種《しぐさ》よ」

と言う。

「いつだったか二子玉川で二人でお茶をのんだじゃない? あのとき早希が腕時計を見る仕種に何かを感じたの。なつかしさみたいなもの。一瞬だったからどうしてなのかわからなかったんだけど、早希、いまでも時計のフェイスを手首の内側にしてつけてるのね」

「あら、ほんとだ」

理枝も目をまるくする。「天然記念物」とか「昭和の淑女」とか、「母親の世代」とか「そうそう、薫さんもそうね」とか、二人が口々に言い合うのを、不思議な気持ちで早希は聞いている。なぜ騒がれるのかわからなかった。父親に初めての腕時計を買ってもらったとき（早希は中学一年生だった）、女性はフェイスを内側にしてつけるものだと教わった。以来ずっとそうしているし、民子や理枝だって、昔はそうしていたはずなのに。

「コーヒーのおかわりをもらうのはどう？」

すこし前にラストオーダーを言い渡されているというのに理枝が言い、

「お店に迷惑よ」

と民子が止める。

「訊くだけ訊いてみましょうよ」

もちろん理枝はあきらめない。


かんかん照りだ。渋谷はきょうも人が多い。あいりと昼に待ち合せをしてラーメンをたべ、バスグッズ屋をのぞき洋服屋をのぞき、アップルストアものぞいてしまうともうすることがなくなった。夏休み、時間だけが間延びして、なんだか所在がないと朔は思う。けれどあいりと別れて家に帰るのはいやだった。

「どうしようか」

そんなふうに言い合いながら歩くうちに、いつのまにか駅に戻ってしまった。

「どうしようね」

「プラネタリウムでも行く？　それか、カラオケ」

あいりが言う。きょうのあいりはヴィンテージ風のTシャツに、だぼっとした茶色のおじさん風ずぼんという服装でキメていて、伊達眼鏡《だて》はかけていない。朔がスカートをはくのをやめたので、自分も〝変装〟をやめるのだと本人は言うのだが、似合っていたのでもったいないなと朔は思う。それに、スカートと伊達眼鏡の方が、街を歩いていても自分たちらしくいられた気もする。

「それか、山手線一周」

「山手線一周？」

驚いて訊き返すと、

「すくなくとも涼しいじゃん」

と言われた。

「途中で、どこかに降りたくなったら降りればいいし」

と。

「うーん。どうだろう。それもかったるいかも」

こたえると、いきなり背中をたたかれた。

「かったるい？　いっしょにいるのに？」

朔はあわてて否定する。あいりといることがかったるいのではなく、目的もなく電車に乗るこ

とがかったるいのだ、ときちんと説明したのに、あいりの返事は、

「おなじことだよ」

だった。

「おなじじゃないでしょ」

「おなじです」

朔はすこし考えて、

「代々木公園に行く？」

と提案してみる。前に行ったとき、古着とかカセットテープとかアクセサリーとかの青空市みたいなものがでていてあいりがおもしろがったことを思いだしたからだ。

「いいけど」

とこたえたあいりはでもあきらかに不満そうで、

「かったるいとか、ありえないから」

と宣言して一人で先に歩き始める。ちょうど青信号の点滅していたスクランブル交差点をまっすぐ、公園通りの方に向って。朔はあとをついて歩き、仕方がないので「ごめん」と小声で謝る。自分が悪いとは思わなかったが、他にどうしていいのかわからなかった。あいりは足をゆるめない。西武デパートの前を過ぎ、教会の前を過ぎる。すれ違う人の数が多すぎるので、なかなか隣にならべなかった。

無言のままのあいりの隣にようやくならべたのは、信号待ちのときだった。朔が驚いたことに、

横に立つとあいりの方から手をつかんできた。指と指がしっかりからまる。そのあともしばらく無言で歩いた。でもそれは、なんというか安心な無言だった。自分の手のなかにあいりの手があるのだ。女子の思考回路はまったくわからない、と朔は思い、それでもあいりの全部がいまここにあることはひしひしとわかって、それだけで十分な気がする。いや、十分よりもっとだった。

抱き寄せ方が手馴れていた。

風呂あがり、理枝は寝室で美顔器を使いながら、あの夜のことを思いだしている。あれ以来、気がつくと何度も記憶を反芻《はんすう》してしまう。ナントカというノルウェー人ピアニストの演奏を聴いたあと、近くに遅くまでやっている、いいビストロがあると香坂が言ったのだ。情感豊かな音をたくさん聴いたあとで、二人とも気分が高揚していた。おそらく、自分の頬は上気していたはずだと理枝は思う。ロンドンでも、劇場に行ったあとはいつも頬が上気し、足どりが軽くなったものだった。たったいま観た芝居が身体のなかに残っていて、自分が普段の自分とは違う人間になったような気がして、ロンドンという街がいつもより美しく見えた。

コンサートはひさしぶりだった。理枝は決してクラシック音楽にくわしいわけではないが、このあいだのノルウェー人ピアニストの演奏が、あたたかみのある豊かなものだったことはわかった。隅々まで神経がいき届き、最初から最後まで聴衆の心をさらいっぱなしだったことも。アンコールに三度も応《こた》え、三度目は茶目っけたっぷりに左手だけで見事な演奏をしたので、たぶん本人もご機嫌だったのだろう。

そんなふうだったから、ホールをでたときの理枝は、身体じゅう音楽でいっぱいだった。おなじように身体を音楽でいっぱいにした香坂と、手をつないで歩いた。ビストロは、赤ちょうちんの店やスナックのならぶ入り組んだ狭い路地の途中にあり、ドアをあける直前に、理枝は香坂に抱き寄せられた。ふいうちだったのに自然で、力強い抱き寄せ方だった。そのあと唇が重なったことよりも、片腕に素早く引き寄せられ、気づくと彼の胸のなかにいた、あの一連の動きの方に理枝は感銘を受けた。

あんなふうに抱き寄せられたのはいつ以来だろう。一分間に八千五百回振動し、マイナスイオンで美容成分を浸透させるという美顔器の、ぴりぴりする刺激を肌で受けとめながら理枝は考える。考えても思いだせなかった。

肌の手入れを終え、ベッドの上に胡坐《あぐら》をかいてパソコンをひらく。海外のサイトで家具や照明器具の写真を眺めるのが最近の理枝の趣味だ。アロマキャンドルを灯しているので部屋のなかはパチョリの匂いがし、自分の顔を指でつつけば、肌はもっちりしている。

朔はなかなか寝つけなかった。ベッドに仰向けに寝たまま、暗闇をにらんでいる。昼間の出来事が頭のなかをめぐる。代々木公園に青空市はでていなかったが、ヒップホップを踊っている人たちを眺めたり、植物の説明文を読んだりしながらあいりと二人でひたすら歩いた。いっしょにいるのがうれしいはずだったのに、どういうわけか、歩けば歩くほど心細くなった。どこにも行く場所がなくて、すこしずつ夕方になって——。

門限があり、どこか楽しそうな場所——たとえばディズニーランド——に行って遊ぶような金はなく、うっかりした場所——たとえば競艇場——にでかければ補導されてしまう自分たちの年齢がもどかしかった。

大学に入ったら下宿したいと理枝ちゃんに言ったとき、願望としては本心だったけれど本気ではなく、朔はただ伯母を喜ばせたかっただけなのだが、本気で考えてみるべきかもしれない。交友関係に口出しされることも、アルバイトの禁止もない生活ができるだろう。伯母はあいりを気に入っているから、家に招くことだってできるはずだ。

親には間違いなく反対される。母親はそもそも理枝ちゃんを嫌っているし、父親にしても、せっかく大学まで一貫教育の学校にいるのに、なぜわざわざ外にでようとするのか、理解してはくれないだろう。あいりの反応も心配だった。進路について話し合ったことはないが、たぶん、このままおなじ大学に進学するものと思っているだろうから。さらにいちばん大きな問題として、受験のための勉強をし、他校の入学試験に合格するだけの力が自分にあるのかどうかわからない、という現実もあった。

それでも——。

上体を起こし、枕元のスタンドをつけて朔は思う。それでもやってみるだけの価値はあるのではないか。

去年、親元を離れて伯母を訪ね、ロンドンで過した日々を思いだす。一人で地下鉄に乗り、博物館に行ったりスーパーマーケットで買物をしたりした。知らないイギリス人と友達になったりもした。ただ街を歩くだけでも楽しく、きょうとは正反対に、歩けば歩くほど自分を自由だと思えた。毎朝起きるとまっさらな一日が目の前にあったあの感覚——。

いつかはこの家を離れるのだから、それが一年と八か月後でいけないわけがあるだろうか。

19

理枝がいるあいだだけ、という期間限定で民子が生活を昼型に切替えてみたのは、深夜のワインではなく、朝のジューサーのせいだった。にんじんとかゴボウとか、固い野菜でもたちまちなめらかなムース状になる、と理枝が自慢するそのドイツ製のジューサーミキサーは、ともかく音がうるさいのだ。泥酔して眠ってでもいない限り、いやでも目が覚めてしまう。そこに朝から焼いたり揚げたりする母親の料理の音と匂いが続き、一応声をひそめているらしいけれど、そのせいで余計耳がそばだってしまう母親と理枝の話し声や笑い声が重なるのだから、寝ていろという方が無理な話だった。

いざ切替えてみると、一日がながいことに民子は驚いた。以前は明け方の四時か五時に寝て、お昼ごろに起きる生活をしていた。シャワーを浴びて朝昼兼用の食事をし、掃除やメールのチェックや郵便物の整理といった雑用をこなすともう夕方だった。編集者との打合せなど、でかける用事があればでかけ、そうでなければ軽く夕食を摂《と》り、夜の九時前後に仕事を始めた。頭が働かなくなるまで書いて、空が白み始めるころに風呂に入り、起きてきた母親と入れ違いに寝室に（最近は居間に敷いた客用布団に）ひきあげて眠った。

が、理枝と深夜のワインをのみ終えてすぐに眠り、ジューサーの音と共に起きる生活に変えたところ、掃除その他の雑用を終えてもまだ午前中で、仕事をするにせよでかけるにせよ本を読むにせよ、理枝とまた深夜にワインをのむまでに、驚くほど時間があるのだった。

というような話をまどかちゃんにすると、

「わかります」

と言われた。

「人って実際にやってみるまでは、自分にそんな変化は絶対無理って思っちゃうんですよね」

と。

「そうなの？」

「そうですよ。私だって陸斗と別れる前は、陸斗なしの生活なんて絶対無理って思ってましたもん」

ひさしぶりに遊びに来たまどかちゃんは元気そうだ。

「でもいまは逆に、よくあんなに不健全なことができてたなって思います」

「そうなの？　不健全だったの？」

「そうですよ。すごーく不健全でした」

まどかちゃんはにこにこしている。完全にふっきれた、ということなのだろう。そうであるならばよかった、と民子は思う。もし里美が生きていればそう思ったに違いないし、陸斗くんとまどかちゃんのあいだに何があったにせよ、民子としてはまどかちゃんの一人応援団でいるよりないのだから。

まどかちゃんは、夏休みをとって女友達と韓国《かんこく》に行ってきたのだと言った。辛くておいしいものをたくさんたべて、マッサージ三昧してきたのだと。

「これはジョンちゃんに。そしてこっちは薫さんに」

鞄から何か取りだしてテーブルに置く。

「それからこれはお二人に」

目の前にならんだのは顔に貼るマスクとクリーム、それにえごまの葉の漬物だった。

「ありがとう。大事に使うわね」

民子は自分の無闇なうれしさに戸惑う。化粧品などべつに——というか、全然——欲しくないのに。そして、ずっと昔に似たようなことがあったのを思いだした。林間学校とか家族旅行とか修学旅行とか、子供のころのまどかはどこかに旅行をするたびに、約束事みたいにお土産を買ってきてくれた。三匹の猿の置物とか、砂時計とか、貝殻が糊《のり》づけされたフォトフレームとか。まったく実用的ではなく、趣味がいいとも言いかねるものばかりだったが、まどかが〝ジョンちゃん〟のために選んでくれたのだということがうれしく、時間がたっても捨てることができなかった。

「まどかちゃん、昔、私に縁結びのお守りを買ってきてくれたことがあったわね」

思いだし、民子はなつかしさに笑ってしまう。

「えー？　そうでしたっけ？」

まどかも笑ってそう言ったものの、

「たぶん中学生のとき。修学旅行の京都」

と続けたので憶えてはいたようだ。

「あのときは、あちゃあって思ったわ。私、子供にまで心配されちゃってるのねって」

昔話をしてひとしきり笑ったあと、

「あの」

と言ったまどかちゃんが、鮮やかな黄色の封筒をテーブルに置いた。

「なかに私の写真と、プロフィールっていうか、身上書？　みたいなのが入ってるので、どこかにいい男性がいたら、よろしくおねがいします」

頭をさげたまどかちゃんの表情は真面目そのもので、さっきまでの笑みはもうなく、民子は一瞬ぽかんとしてしまう。

「え？　それって、お見合をしたいっていうこと？」

「はい」

まっすぐにこたえられ、民子は心底驚く。

「結婚に結びつかない恋愛なんて、しても無駄だってわかったから」

民子が何も言えずにいると、まどかちゃんはそう説明した。

「出会い系とか婚活パーティとかは不確定要素が多いっていうか、嘘をつかれる可能性もあるし、やっぱりちゃんとした人に紹介してもらうのがいちばん安全かなって」

「ええと、それ、本気で言ってるの？」

この子はいま、結婚に結びつかない恋愛なんて、しても無駄だと言っただろうか。

「本気も本気。大マジです。まわりにも結構いますよ、昔ながらのお見合希望の子って。そういう時代っていうか――」

ほんとうに？　無駄？　昔ながらの？　そういう時代？　民子は混乱する。それは〝ジョンちゃん〟としての混乱ではなく、恋愛小説を書く作家としての混乱だった。世のなかが自分の理解の及ばないものになりつつあるのかもしれないという、それは恐怖でもあった。


眼科の扉をあけたのは思いつきだった。というか、すくなくともきょう受診するつもりはなかった。すこし前から物が二重に見えたり、外にでると耐えがたくまぶしかったりという症状はあったのだが、おそらく年齢のせいだろうし、まぶしいのは夏だからだと思って薫は放っておいた。ときどき視界全体がぼやけるのがわずらわしかったし、もし何か重大な疾患だったらと思うとおそろしくもあったのだけれども、たぶん、だからこそ、あまり考えないようにしていた。

スーパーマーケットで食料を買い、いつものように無料の配達にしてもらって帰る途中で、ふと、そういえばこのへんに眼科の病院があったなと思いだしたのだ。看板を見たことがあっただけで入ったことはなかったし、もちろん予約もしていなかった。が、ためしにと思って扉をあけてみると、広々した応接間のようなロビーがあり、受付にいた女性が物柔らかな態度と口調で、初診で予約なしでもまったく問題ないと請け合ってくれた。

ロビーには壁に沿って椅子がたくさんならべてあり、老人と子供ばかりが坐っていて、薫もその一つに腰をおろした。問診票の文字が細かくて読めない、と思うまもなく看護師さんが老眼鏡をさしだしてくれ、ともかく至れり尽せりなのだった。

空調が効いていたが窓もすこしあけてあり、そこから庭木の緑が見えた。待っているあいだ、不安や緊張もあったが、何か冒険をしているような、わくわくする気持ちもあった。よその老人や子供にまざっていま薫がここにいることを、民子も理枝も、誰も知らない。そう思うと、自分が自由で身軽な気がし、薫はひそかに笑いたくなる。

医師は若い男性で、薫がぎょっとしたことに、眼球のことを目ん玉と呼んだ。「目ん玉はきれいですね、まだ濁っていません」とか、「ちょっと目ん玉を動かせますか」とか。洗ったばかりのつめたい指で、まぶたをひっぱったりひっくり返されたりしたが、痛くはなかった。幾つもの機械の前に坐り、指示された場所に顎《あご》をのせた。視力検査があり、眼圧検査があり、目薬をさしたり横になったり椅子に坐ったりし、そのすべてが薫にはおもしろく思えた。

診断は白内障で、手術をするかどうかは任意だけれど、放っておけば進行するとのことだったので、薫は手術をするとこたえた。きょうすぐにすることもできるし日を改めてすることもできると言われ、ではきょうすぐにお願いしますとこたえたのは、はずみというか勢いというか、乗りかかった船だという気がしたからだ。

ドッグフードやペットシート、ミネラルウォーターといった嵩張《かさば》るものや重いものを、インターネットで買えるのはほんとうに便利だ。届いた段ボール箱をあけながら、早希はしみじみそう思う。ラルフを飼っていたころは、ドッグフードもペットシートも、買いに行くには週末を待って、夫に車をだしてもらわなければならなかった。

段ボール箱を見ると（あるいはガムテープをはがす音をきくと、かもしれないが）、なぜかいつもマルは興奮する。箱を敵だと思っているかのように喉の奥で低くうなったり、決して届かない位置までさがって飛びつくまねをしたりする。早希が箱をつぶすとその興奮は最高潮に達し、ゴング直前のボクサーみたいに早希の横でぴょんぴょん跳ねる。その様子がかわいくて、

「あらマル、手伝ってくれてるの？」

と早希は声にだした。

届いた品物のなかには義母用の紙パンツもあり、早希はまずそれを二階のクロゼットにしまう。できるだけ家族の目に触れさせたくないからで、早希自身も、その大きな包みを見るといつも胸がざわざわする。自分の母親がこういうものを使わずに済んだことに感謝したり、義母だってできれば使いたくなかっただろうにと気の毒に思ったりする。そして、きょうはそこに新しい要素が加わる。長男の婚約者の顔が浮かぶという要素だ。もしかするといつか、彼女が自分のためにこういうものを買う日がくるのかもしれない。その考えはあまりにも衝撃的だったので、早希は

すぐさま退けた。そんなことは絶対に起らない、と思うことに決める。絶対に、絶対に起らない。

リビングに戻ると、テーブルに置いていたスマートフォンに、理枝からの着信があった。かけ直すと留守番メッセージに切り替わり、またた、と思って早希はためいきをつく。きのう理枝に電話をかけたのはジョアンナからホームパーティに誘われたからで、外国人ばかりが集まるパーティというのは確かに英会話の実地訓練になるだろうけれども、早希としては一人で参加するのは心細く、英語馴れしていて社交的な理枝につきあってもらうのがいちばんだろうと考えたからなのだが、つながらず、今朝理枝からあった着信には早希の方が気づかず、かけ直すとまた留守番メッセージになる、ということをくり返しているのだった。私がたいてい家にいることはわかっているのだから、固定電話にかけてくれればいいのに、と、こういうときには思ってしまう。スマートフォンは確かに便利ではあるが、家のなかで四六時中持ち歩くわけにはいかないし、固定電話なら二階にも一階にもあって、音も大きいのですぐにでられるのだから。

またしても海外からのゲストのアテンド役に駆りだされ、理枝は渋谷と浅草を歩いた。イギリスの玩具《がんぐ》メーカーのCEO夫妻はまだ三十代の若さで、どんなに歩いても疲れないらしかった。昔のようなガイドブックではなくインターネットで情報を収集してきていて、どこそこのかき氷がたべたいとか、どこそこの路地が見たいとか、リクエストが具体的なので楽かと思いきや、写真で見た景色と違うとか、もしかするとべつな街の路地だったかもしれないとか、夫妻のあいだで意見が割れたりもするので厄介だった。東京の広さを理解していないのか、見たがるものやたべたがるもののある場所が離れていて、移動にも時間をとられた。最終的に銀座でお鮨《すし》をたべ、ハイヒールを履いて来たことを後悔しながらくたくたになって帰宅すると、珍しく民子が玄関まででてきて、

「おかえりなさい。待ってたのよ」

と言った。

「きょうはほんとうに大変だったの。聞いて」

と、憤懣《ふんまん》やるかたなさそうに。

「ゆっくり聞くからちょっと待って。着替えさせて」

理枝はともかくハイヒールを脱ぐ（その解放感たるや！）。民子は、薫さんが白内障の手術を受けたのだと言った。

「いきなりよ。信じられる？」

信じられた。白内障の手術そのものは、最新機器を備えた病院なら十五分程度で終ると聞いたことがある。

「買物に行ってくるって言ってでかけて、待てど暮せど帰ってこないから、交通事故にでも遭ったんじゃないかって、こっちはもう心配で気が狂いそうになっちゃったわよ」

民子は続け、いっしょに階段をあがって理枝の寝室（まあ、元来民子の部屋だが）までついてきてしまう。ベッドに腰をおろし、

「スーパーまで行ってみたけどいなくて、帰ったら食料品だけ配達されて、狐《きつね》につままれたみた

いだったわ」

と言う。

「こっちを向いているから早く着替えて」

とも。理枝は外出用の服を脱ぎ、楽なので部屋着として愛用しているこげ茶色のロングTシャツを着る。トロント大学のロゴ入りだが、留学生時代のものではなく、四、五年前に現地の友達に会いに行ったときに買ったものだ。

「そうしたら夕方になって電話がかかってきて、もう手術は終ったけれど、お医者さまの勧めで一晩だけ入院することにしたから、寝間着と歯ブラシをおねがいって言うじゃないの、あいた口がふさがらなかったわ」

「え？　じゃあ薫さん、いまいないの？」

「いないわよ」

民子はさらに説明する。入院といっても、それは薫の年齢を考慮して提案されたことで、べつに手術自体に問題があったわけではないこと、薫自身は日帰りを希望していたが、術後に保護眼鏡をかけて歩くのを恐《こわ》がった（と民子は医師に聞かされた）こと――。

「どっちみちあしたの午前中に経過を診てもらわなくちゃならなくて、それならいっそ、泊って行ったらどうですかっていうことになったみたい」

「なるほど」

目に問題があったなんて知らなかった、と民子は言う。あのひと、なんにも言わないんだもの、と。

「でも、手術は成功したんでしょう？　だったらよかったじゃないの」

理枝は言い、きょうはここでのむ？　と提案してみる。ベッドの上で、恋人同士みたいに、とつけ足すと、気持ちの悪いことを言わないで、と言われてしまう。じゃあ大学の女子寮みたいに、と言い直し、理枝はワインを取りにおりる。廊下も階段も台所も、薫さんのいない家のなかは妙にがらんと感じられて、たぶん民子は今夜心細かったのだろうと思った。

ワインはアルゼンチン産の赤を選んだ。冷蔵庫をあけると野菜がぎっしり入っていて、手術前に薫さんが買ったのだろうと思うと、理枝はなんだか笑ってしまう。

部屋に戻ると、音楽が欲しくなって（大学の女子寮なら音楽は必須だ）、プレイヤーにCDをのせる。民子のコレクションは理枝の知らないミュージシャンばかりだったが、唯一知っている佐藤隆《たかし》があったのでそれを選んだ。〝北京《ペキン》で朝食を〟が流れ始める。

「うわ、なつかしい」

思わず呟くと、

「これ、名盤よね」

と民子も言い、しばらく黙って聴き入った。〝北京で朝食を〟の次が〝キャバレー〟で、舞台が中国からフランスにいきなり飛ぶ。三曲目の〝八月のメモワール〟がサビにさしかかったとき、理枝と民子は同時に吹きだしてしまう。「あなたはミセス、あなたはミセス」と佐藤隆が甘い声でくり返すのを、非ミセス二人が聴いているのだから。

「病院に行ったらね」

民子が言う。

「保護眼鏡っていうの？　ごつい、ゴーグルみたいなものをつけてベッドに横になっていて、ぎょっとしちゃったわよ」

理枝は想像してみる。横たわっている薫の姿をではなく、それを見た民子の心境を。

「それは、きっとびっくりしたわね」

「したわよ！」

民子は語気を強める。

「でも本人はしれっとして、手術は全然痛くなかったし、検査もおもしろかったなんて言うのよ」

薫の口調も声もありありと思い浮かんだ。

「さすがね、薫さん」

「買物の帰りによ？　そうだ、ちょっと眼医者《めいしゃ》さんに寄って手術をしてもらって帰ろう、なんて思う？　無鉄砲すぎるわよ」

まあまあ、となだめながら、理枝は民子のグラスにワインを注《つ》ぎ足す。マルベック百パーセントのこっくりした味は、つまみなしでも満足感があり、ゆっくりのむのにちょうどよかった。

「いいじゃないの、元気な証拠よ」

理枝は言い、いまごろ病室で眠っているはずの薫を思った。あした、早くに目をさまして、じりじりしながら診察を待ち、終るや否や元気に帰ってくるのであろう薫のことを。

20

翌日、理枝の予想通りのプロセス（途切れ途切れの浅い眠りと、普段以上の早起き。じりじりしながら朝食を待ち、時計ばかり見てしまいながら診察を待った）を経て退院した薫は（「娘さん二人のお迎えなんていいですね」と受付の女性に言われた）、自分の視界のクリアさに驚く。医師や民子の顔も、医院内の家具調度の色合いや質感も、おもしろいほどはっきりと見える。自分の履いている靴のくたびれ加減まで——。そろそろ新調するべきかもしれない。

おもてにでると、新たな視界は若干恐怖を伴った。あらゆるものが細部まで見えすぎて、目のなかに収まりきらないみたいで混乱する。

「待って。ゆっくり歩かせてちょうだい」

そう言うと、民子と理枝に、即座に両側から腕を持たれた。まるで薫がいまにも転ぶと思っているかのように。

「やめて。一人で歩けるわ。ただ、ちょっとゆっくり歩きたいの」

実際、気分は上々だった。一晩だけとはいえ病室に閉じ込められ、顔にごつい器具を装着させられていたあとで吸う外気は甘く新鮮で、ちょっとした祝福に思える。冒険をやりおおせたという清々しさがあった。

民子も理枝も腕を離してはくれたものの、薫の両脇にぴったり寄り添って歩いている。そうしながら二人で囀《さえず》るように喋っているのはたったいま後にしてきた眼科のことで、「先生が若くてびっくり」とか「ハンサム」とか「感じがいい」とか、「いつかもし白内障になったらあたしも絶対ここにする」とか、「高齢化社会で眼科はこれからますます商売繁盛、大儲《もう》けね」とか、聞いている方が恥かしくなるほど口さがない。この人たちはまだ若いのだと薫は思う。こんなことを、ピーチクパーチクたのしそうに喋れるなんて。

それにしても、世界はこんなに色鮮やかだっただろうか。他所《よそ》の家の庭先の夾竹桃《きょうちくとう》の、ぽってりした濃いピンクの色合いに、薫は立ちどまって見惚《みと》れた。

帰宅すると、自分の家がとてもなつかしく思えた。まるで何日も留守にしていたかのように——。薫は、自分が旅というものをしなくなって久しいことに気づく。民子が小さかったころには海にも山にも連れて行ったし、その後も夫が元気だったころは、夫婦で毎年箱根《はこね》の温泉にでかけていた。どの旅も、自分ではない別な薫のしていたことに思える。荷物の準備や戸締りに始まり、電車の時間や夫の機嫌に気を揉《も》むことや、迷子の心配や宿の人への心づけや。考えてみると薫は昔から、旅というものがあまり好きではなかったのだ。

「お母さんって」

まずお茶をのみましょうと思ってやかんに水を入れていると、理枝が言った。

「お母さんって、外から帰るとお湯を沸かす生きものだって思いだしたわ。うちの母もそうだった」

と、可笑《おか》しそうに。きょうの理枝はリゾート地仕様の（としか薫には思えない）ひらひらしたワンピースを着ている。黒地に赤い花柄の散ったそれは理枝の曲線的な身体つきを強調し、よく似合っていた。が、化粧については、いくらなんでもアイラインの入れすぎではないだろうかと、にわかに目のよくなった薫は思った。

いやいや期ですね、といちばんお世話になっている介護スタッフの福地《ふくち》さんは事もなげに言うのだが、寝るのもいや、たべるのもいや、車椅子もいや、散歩もいや、テレビもいや、お風呂もいや、紙パンツもいや、世話をされるのもいや、面会もいやでは、早希にも夫にもなす術《すべ》がない。

「あやとり、しますか？」

一縷《いちる》の望みを託して言ってみたが、憤慨の鼻息と共にそっぽを向かれた。

「いいかげんにしてくれよ」

隣で夫が弱々しい声をだし、それはベッドに半身を起こした母親に向けられた言葉であるはずなのに、早希の耳に、なぜか自分たち二人——早希と義母の両方——に向けられた呟きに聞こえる。いやがる夫を無理矢理連れて来たせいかもしれない。弱っていく（そして、それと共に人格まで変っていく）母親を見るのが辛《つら》い気持ちは早希にも理解できる。が、会わずにいて、あとで後悔するのは夫なのだとも思う。

「いいお天気だから、ちょっとお庭にでませんか？」

早希の言葉を義母は黙殺し、

「じゃあ一体どうしたいんだよ」

と口走った夫の失策に、早希は内心凍りついた。そんなの、家に帰りたいに決っているではないか。義母は返事をしなかった。

「あのさ、せめて食事はしてくれよ」

夫は苛立ちと懇願をいっぺんかつ大量に滲《にじ》ませてしまいながら言う。

「嫌いなものは無理にたべなくてもいいからさ」

と。最近の義母は食事をいやがって、きのうはたべさせてくれようとしたスタッフに暴力をふるったと聞いた。たたこうとしたとか、怒鳴ったとか。

「あんたの言うことを聞く筋合いはない」

義母は硬い声で応じる。

「何だよ、それどういう意味だよ」

義母はもともと健啖家《けんたんか》だった。鰻《うなぎ》とか焼肉とか味の濃いものが好きで、驚くほどたくさんたべた。もっとも、食事をいやがるいまも食欲は健在で、談話室に常備してあるお菓子をほとんど一人でたべてしまったり、午後のおやつを他の人の分までたべてしまったりするのだと、苦情なのか報告なのか福地さんは言っていた。

「じゃあね、もう帰るからね、スタッフの人たちの言うことを聞かなくちゃだめだよ」

突然辞去しようとする夫を止めるでもなくつっ立ったまま、早希はここに来てすぐに生けた花（丸葉《まるば》萩《はぎ》と弁慶草《べんけいそう》で、どちらも庭から切ってきたものだ。まだ暑いのに、今年は秋の花が早い）をぼんやりと見ていた。義母を気の毒に思う気持ちとおなじくらい、自分がここに持ち込んでしまった花も可哀相《かわいそう》に思い（だって、ここに、義母といっしょに閉じ込められてしまうのだ）、そんなふうに感じるなんて、義母に対して私はつくづく冷淡だなと思った。

帰りの車のなかで、夫は妙に饒舌《じょうぜつ》だった。今年の新入社員の一人がしょっちゅう遅刻して来るのに、必ず定時に帰って行くという話や、東大にも京大にもカレー研究会なるものが存在し、もし自分がどちらかの学生だったら、間違いなくそこに入部するだろうという話や。母親のことを考えたくないのだろう。それは早希もおなじだった。が、だからといって考えずにいることもできない。

「暴力をふるったなんて、追いだされちゃうかもしれないわね」

それでそう言った。

「もしそうなったら、どうすればいいのかわからないわ」

運転席の、夫の横顔がこわばる。

「暴力っていったって、年寄りがちょっと癇癪《かんしゃく》を起こしただけだろう。慣れてるさ、向うはプロなんだから」

車が義母のいる施設——中途半端に開発された郊外にあり、駅前以外は閑散としている——を離れるにつれ、早希の罪悪感はつのった。もっとながくいるべきだったかもしれないし、あの場所で義母がすこしでも快適に暮すにはどうすればいいのか、本人やスタッフともっと話し合うべきだったかもしれない。が、車が自宅に近づくにつれ、安堵の方が大きくなる。見馴れた景色、平和な日常、一人でも暮せる人たち。それはいかんともし難いことだった。

「来週ね、ジョアンナの家に行くの」

気持ちを切り替えたくて、早希は言った。

「パーティがあって、いろんな国の人が来るんですって。みんな英語を話すし、気の置けない人たちだから心配ないってジョアンナは言うんだけど、はじめてだから緊張するわ」

まるで興味はないはずだが、話題の転換を夫は歓迎する。

「いいじゃないか」

いつにない熱意を込めて言い、

「早希はずっと英語を勉強しているんだから、腕だめししてくるといいよ」

と続けた。

「腕だめし?」

夫の言葉の選択に早希は笑った。そんな勇ましいことは自分には向かない。早希としてはあくまでも勉強の一環のつもりだ。

「理枝を誘ったら香坂さんと来るって言うから、ちょっと困っちゃって」

もともと、招待されたのは早希一人なのだ。他にもう一人くらい連れて行っても許容されるだろうと思って誘ったわけだけれど、二人となると、どうなのだろうと考えてしまう。マナー違反にならないだろうか。理枝は笑って、「向うじゃカップル参加が基本だし、ホームパーティなんて、誰が誰の友達なのかわからないくらいいろんな人が出たり入ったりするのが通例なんだから大丈夫」だと言うのだが――。

「香坂さんって?」

尋ねられ、早希は夫に話していなかったことに気づく。

「理枝の最新のボーイフレンド」

それでそう説明した。二人がセミナーで出会ったことや、彼の職業なんかも。

「イギリス人のパートナーと別れてから一人ぼっちだったから、理枝にとってはよかったんだと思うわ、彼に出会えて」

夫は返事をしなかった。こういう話題は苦手なのだ。いい年をした女の恋愛事情なんて。夫だけではなく、世のなかの多くの人がそうなのだろうと早希は思う。五十代にもなれば家庭に落着いているか、そうでなければ仕事に邁進《まいしん》して、色恋とは縁のない生活をしているか、二つに一つだと思いたがっている。早希自身、それが普通だと思っていたし、もしいま夫がいなくなっても、この先、他の男性と親しくなることなど絶対に考えられない。だから自分がなぜ黙らなかったのかわからない。夫を不機嫌にさせないためには黙る方が簡単だったのに、気がつくと、

「すごく幸せそうなの」

と言っていた。

「二人とも独身なんだし、何の問題もないわよね」

とも。自分の口調がどこか挑戦的なことには気づいていたし、夫は依然として無言だったが構わなかった。仮に夫（と早希自身）の感覚が普通なのだとしても自分は理枝の味方なのだし、理枝はそもそも普通ではないのだから。


きょうのあいりはよく笑う。そして、あいりの笑顔を形容するのにぴったりの言葉を朔は知らない。輝くような？　弾《はじ》けるような？　どちらも朔にはしっくりこない。もっと素朴であけっぴろげで自然な感じ、木とか花とか空とか海とか、人間ではないものを見ているような感じ——。

「じゃあ、知らない人にいきなり抱きついちゃったっていうことですか？」

あいりが訊き、

「だって、よく知っている人だと思ったんだもの」

と理枝ちゃんがこたえる。三人はいまあいりの父親の招待で、彼の経営する焼肉屋に来ている。

「よく知っている人にひさしぶりに会ったと思ったからとりあえずハグして、でも内心は必死だったわね、誰なのか名前を思いだそうとして」

ロンドン時代に理枝ちゃんが韓国料理店で、テレビのニュースキャスターに会ったときの話だ。朔は前にも聞いたことがあった。

「それで、相手の人は？」

「そりゃあ向うは芸能人みたいなものだもの、驚きながらも愛想よくしてくれたけど、あたしとしては、そここそが心外だったのよね」

「心外？」

「そうよ。だって向うはあたしのことを、自分の熱烈なファンか何かだと思ったわけでしょ。でもあたしはまったくファンじゃないし、はっきり言って、どちらかというと嫌いなわけ。ただ、見知った顔だから知り合いだと思い込んじゃっただけでね」

理枝ちゃんが言い、

「だから、あとから彼のテーブルに行って誤解をといたの。さっきは失礼しましたって謝って、でもあたしは人違いをしただけで、あなたのファンではありませんからって」

と続けると、あいりはまた爆笑した。

「理枝さん、おもしろすぎる」

と言って。その話には続きがあることを朔は知っている。伯母はそのときパートナーのハロルドといっしょにいて、ハロルドにそのふるまいを非難され、大喧嘩《げんか》になったのだ。

海苔《のり》とキムチ、サラダに続いて肉が運ばれてくる。住宅地のなかにぽつんとあるこの店はいかにも高級そうで、店の前の駐車場に停《と》まっている車も、ベンツとかBMWとか、外車ばかりだった。

「これこれ」

運ばれた肉を見てあいりが言った。

「これ、うちのスペシャリテで、すごくおいしいんです。でも、豚だから脂が燃えやすくて、焼き方にコツがあるの」

あいりが父親の店を「うち」と言ったことに朔は気づいた。ごく自然に、そして誇らしそうに。

「だめよ、あいりちゃん」

網に肉をのせるべく、トングをつかんだあいりに理枝ちゃんが言った。あいりの手からトングを奪い、朔にさしだす。

「こういうのは男の仕事なんだから」

朔が反応する前に、

「えーっ、理枝さん、そんなの古いです。セクハラになっちゃいますよ」

とあいりが言って、理枝ちゃんからトングを奪回した。朔はほっとする。家族で焼肉屋に行っても焼くのはいつも母親なので、自分にできる気はしなかった。

「セクハラ？　どうして？」

理枝ちゃんはきょとんとしている。

「古いって、そうなの？」

「そうです」

あいりはにこやかに断じ、手際よく肉を焼き始める。その態度にも慣れた手つきにも胸を打たれ、朔はあいりから目が離せなくなる。

「それに、朔が焼くより私が焼いた方が絶対おいしいです」

「まあ、確かにそうでしょうね」

理枝ちゃんがうなずく。こんな女の子がいるだろうかと朔は思った。笑顔で理枝ちゃんを言い負かすなんて？　あいりの焼く肉はどれもおいしかった。豚肉も牛ハラミもカルビも。大きなかたまりの肉だけは途中で挨拶に顔をだしたあいりの父親が焼いてくれたが、最後にでた塩ホルモンもあいりが焼いた（父親は他にも二軒の店を持っていて、順番に回らなくてはいけないらしく、三十分くらいでいなくなった）。

「この近くに空き地とか公園とかある？」

食後のお茶をのんでいるときに理枝ちゃんが訊き、

「空き地はないけど、公園はあります」

とあいりがこたえる。

「すぐそこが緑道で、ちょっと歩けば小さい公園があるし、二十分くらい歩けば大きい公園もあります」

「小さい公園で十分」

理枝ちゃんは、車に花火があるのだと言った。焼肉をたべたあとに三人でやったらたのしいだろうと思って買ってきたのだと。朔はうれしくなる。今夜、あいりといられる時間がまだのびるということだ。理枝ちゃんグッジョブ。心のなかで伯母に向って親指を立てた。

今年は秋の訪れが早い。九月になると途端に気温がさがり、半ば以降は雨や風の強い日が続いた。ようやく晴れたと思っても青空は長保ちせず、目の手術以降しばらく水泳を控え、かわりに散歩を日課にした薫としては恨めしかった。泳ぐときの水は気持ちがいいけれど、歩くときの水は、傘が必要なぶんだけわずらわしい。いっそ濡《ぬ》れたまま歩けば気持ちがいいのかもしれなかったが、年寄りが濡れたまま歩いていたら、まわりの人がぎょっとするだろう。

きょうも雨で、肌寒いので薫は朝から豚汁をつくった。理枝はよろこんでたべてくれたが民子はコーヒーだけでいいと言い、あいかわらず料理のし甲斐《がい》がないのだが、それでも薫は民子が最近、生活を朝型に変えてくれたことがうれしい。

「せっかく梱包《こんぽう》されている箱を、どうして引越しの日にあける?」

読んでいた新聞から顔をあげて民子が言い、その仕種《しぐさ》と口調、老眼鏡をちょっと下にさげているところまでが死んだ夫にそっくりで、薫はついまじまじと自分の娘を見てしまう。父親不在のこの家のなかで、いつのまにか民子がその役をひき受けているみたいだ。

「いいことを思いついたの」

段ボール箱を次々にあけながら理枝がこたえる。台所には豚汁の匂いがこもっており、空気を入れ換えようと、薫は流しの奥の小窓をあけた。雨の音が強くなる。

「あった!」

理枝がうれしそうな声をあげ、ビニールの緩衝材に包まれたものを幾つもとりだした。

「薫さん、どれでもお好きなのを一つ選んで」

と言う。一つずつ緩衝材からとりだされ、テーブルにならべられていくのは皿だった。朝食の片づけがまだだったので、卓上はごちゃごちゃに混雑する。

「お世話になったお礼」

「いいのよ、そんなことしてくれなくて」

薫は言ったが、理枝は無論意に介さず、たのしそうに、イギリスの骨董市《こっとう》について説明し始める。カムデンがどうとかリバプールストリート駅がどうとか、玉石混淆《こんこう》だからこちらの目が問われるとか、店主に気に入られるかどうかが鍵だとか。皿は全部で九枚あり、比較的新しげなものも古色蒼然《そうぜん》としたものも、色鮮やかなものも地味なものも混ざっていたが、共通して女性的というかロマンティックな色柄であるところが、いかにも理枝らしかった。

「ほんとうにいいの？」

念を押し、薫は一枚選んだ。おそらくケーキ皿だろう、直径十五センチほどの小ぶりなもので、クリーム色の地のいちめんに、小さな赤い米印みたいな柄が散っている。

「あら薫さん、お目が高い。それ、スージー・クーパーよ」

破顔して言った理恵につられ、薫もにっこり笑った。スージー・クーパーというのが誰（あるいは何）なのかは見当がつかないにしても。

「理枝ちゃんがいなくなると淋しくなっちゃうわ」

薫は言い、それはまったく本心だった。

21

洗濯に柔軟剤が必要かどうかについて、百地は自作のミートソーススパゲティをたべながら語っている。洗濯機のなかに、洗剤、漂白剤、柔軟剤と、薬剤を三つも入れることに抵抗があるのだそうだ。

「だってさ、一般家庭の洗濯なら、昔は固形石鹸《せっけん》か粉石鹸の二つに一つだったわけだよ。そこに液体洗剤が登場して、その性能も日々進化しているなら、当然それ一つで済むべきじゃないか」

そうねえ、と民子は相槌を打つ。定年後の百地には家事全般が新鮮でおもしろいらしく、会うたびに家政的なあれこれを語る（会わなくても電話をかけてきて語る）。きょうは民子の方に相談というか頼み事があり、夕食に誘ったのだが「外食は金がかかる」という理由で断られ、「うちに来れば安くておいしいものをたべさせてやる」と言われた。経済的には十分余裕があるはずなのに、最近の百地は倹約家だ。なぜなのか、いつからなのか、民子にはわからない。つきあっていたころには普通に外食をしていたし、結構贅沢《ぜいたく》な旅をしたりもしたものだったのに。

「そもそも衣類を柔らかくする必要があるのかどうかも俺には疑問なんだよ」

百地が続ける。

「ジーパンなんかは洗ったあとの、あのごわごわした硬い感じがいいわけだしさ」

と。それならばべつに柔軟剤を使う必要はないと思ったのでそう言うと、

「でも柔軟剤を使うと衣類がいい匂いになるからさ、それは捨て難いんだよ」

という返事で、民子はばかばかしさに笑ってしまう。自分たちが真顔でこんなことを話し合っている状況が可笑《おか》しかった。若いころの自分に見せたいと思い、やっぱり見せたくないとも思う。恋愛関係にあったころ、民子の目に映る百地は物識《ものし》りでやや傲慢で、自分以外の人間は信用すまいと決めているような、拗《す》ねたところのある男子学生だった。そんな百地に興味を持たれたことが民子としてはうれしかったし、傲慢さのうしろにある、彼の正直さや傷つきやすさを理解しているのは自分だけだとうぬぼれもした。それが、いまや柔軟剤談義だ。

「きょうね、昼間、早希とデパートに行ったの」

話題を変えたくなって民子は言った。

「すこし前まではあの人とデパートに行くと、息子さんたちの服とか靴下とかスニーカーとか、ご主人のパジャマとか下着とかワイシャツとかばかり買うから、きまって本館よりメンズ館の方にながくいることになったの。でも今回は違って、メンズ館には用事がないって言うから、ああ、この人もとうとう子育てから解放されて、自分のものを買う気になったのねって私はしみじみしたんだけど、さすが早希って言うべきか、自分のものは一つも買わないで、犬のものばかり山のように買うから笑っちゃったわ」

「甘やかしてるんだ」

質問ではなさそうだったが、民子は肯定した。

「きょうの買物を見る限り、マルちゃんは王族みたいな暮しぶりだと思うわ」

犬用クッションに始まり、洗えるカシミアブランケットとか、ブランドもののレインコートとか、歯磨きセットとか玩具《おもちゃ》とか、人間の赤ん坊用とそっくりな、犬用の抱っこ布とか——。思いだすままに列挙したが、百地の反応は薄く、

「へえ」

だった。

デパートに行ったのは、そもそも花瓶を買うためだった。新居祝いにアールデコ調のガラスの花瓶が欲しいと理枝からリクエストされていて（メゾン名と品物の指定のみならず、自らデパートに電話して在庫の有無を確認し、取り置きまで頼んだという念の入れよう）、取り置きには期限があるというので慌てて早希と予定を合せて出掛けた。理枝が引越してから一週間になる。正直なところ民子は自分の寝室に戻れることがうれしかったし、それ以上に、廊下に置かれた大量の荷物がなくなれば、さぞすっきりするだろうと思ってもいた。のだが、いざ理枝にいなくなられてみると、予想をはるかにこえて淋しかった。実際、あの雨の午後、大量の荷物とはいえ一人分の引越はあっというまに済み（二人組でやってきた業者の男性たちの力持ちさ加減、手早さと作業効率のよさに薫も民子もただ見惚れた）、トラックを先導するかのように愛車を駆ってばたばたと去って行った理枝の姿を思いだすだけで、何度でも民子は喪失感を覚える。理枝の賑《にぎ》やかさとエネルギー、自分勝手なのに他人にもやさしいあの奇妙な性格——。半年前までそれが普通

だったはずの、母親と二人きりの生活の静かさと単調さに再び馴れるまで、当分時間がかかりそうだった。

「でも」

百地が言った。

「早希ちゃんのためにはよかったんだろうね。世話をして、甘やかす対象が新しくできて」

と。

「民子は違うかもしれないけど、ほら、ある種の女の人には世話をする対象が必要みたいだから」

百地は続け、その発言の何かが民子には不本意だった。百地は早希のことをほとんど知らないはずなのに、どうして彼女を「ある種の女の人」に含めたのだろう。ある種とはどんな種で、どうして「民子は違うかもしれない」のだろう。けれど「なぜ私は違うと思うの？」と尋ねれば、自分もそちら側に含めてほしいと言っているように受け取られるかもしれず、そうではないのよねと思う。根拠不明の分類そのものが不本意なのであって、自分（あるいは早希）がどちらに分類されるかは問題ではないのだ、と気づいたときにはしかし時すでに遅く、食後のコーヒーを淹《い》れてくれた百地に、

「で、頼み事って何？」

と訊かれた。

「そうそう、それなんだけどね」

民子は言い、まどかから預かった写真と身上書を取りだす。

「結婚したがってる娘さんがいるの。広告業界の後輩に、誰かこれぞっていう人はいない？」

百地は驚きを通り越し、気でも違ったのかと言わんばかりの疑いの目で民子を見た。


一体どういう風の吹きまわしなのか、最近次男がよくほめてくれる。料理とか服装とかを、「最高だね」とか「似合ってる」とか。きょうは学校から帰るなり玄関に生けてある花を見て、「うちはいつも花が飾ってあっていいよね。そんなうちはなかなかないよね」と言った。何か買ってほしいものでもあるのかと最初は邪推したが、そういうわけでもないらしく、まあ、施設の福地さん流に言うなら「ほめたい期」なのだろうと、早希は思うことにした。中学生くらいから無口になった長男と違って、次男の育実は高校生になったいまでも家でよく喋る。べつにほめ言葉でなくてもあれこれ話してくれること自体が早希としてはうれしいのだが、彼がほめるのが母親（のしたことや作ったもの）であって父親（のそれ）ではないことにも、ほんとうのことを言えば自尊心をくすぐられている。

夕食後の洗い物をしながら、早希は昼間会った民子のことを思った。夫もなく子供もなく、おまけに犬もいないなんて、どんなに淋しく味気ないだろう。いっしょにデパートに行ったのだが、早希の買物について来るばかりで、自分では何も買わなかった（百地さんへの手土産にするというケーキだけは最後に買っていたけれども）。

「まだ？」

リビングから夫に催促され、

「ごめんなさい、もうすこし」

と早希はこたえる。いっしょにネットフリックスドラマの続きを観ることになっているのだ。

「早くしてくれないと眠くなっちゃうよ」

すでに眠そうな声で夫が言い、早希は苦笑する。早くしてくれないとも何も、ドラマが始まればいつもすぐに寝てしまうのだ。この人はまるで大きな子供だと早希は思う。いつまでたっても成長しないので、長男より次男より手がかかる。でも、とてもやさしい子供だ。自分では何の興味もないドラマを、こうして毎晩いっしょに観（ようとし）てくれるのだから。


中学時代に出会ったとはいえ民子が里美と親しくなったのは三十路《みそじ》を越えてからで、里美はすでに結婚していて子供もいた。だからそれ以前の里美がどんな恋愛観を持ち、どんな男性と交際していたのか民子は知らない。結婚に結びつかない恋愛なんてしても無駄だというまどかの発言を、里美がどう思ったかもわかりようがない。たいていのことは「どちらでもいい」し「なるようになる」と考える人だったから、案外「それもいいんじゃない？」と言うかもしれないと民子は想像する。まどかのあの発言に、民子自身は衝撃を受けたにしても。

バスを降りると夜風がつめたかった。レンタルファームとして最近区画貸しされるようになった畑地の上空に、細い三日月がでている。まどかの写真と身上書を、渋々ながら百地は預かってくれた。が、結婚相手候補を紹介するというのは荷の重い役目だし、紹介してくれる人を選んだ民子としても、すでに幾ばくかの責任を感じる。「ときどき甘えさせてやって」と里美は言ったけれど、これもそれに入るのだろうか。そんなことを考えながら歩いていると、家の前に理枝の車が停まっていた。遠目には似た車だということしかわからなかったが、近づくにつれて疑いようがなくなり、なぜ?と思う前に喜びが湧いた。思わず足が速まる。鍵をあけるのももどかしく、なぜ自分がこんなに喜んでいるのかわからないままドアをあけた。

理枝は一人でリビングにいた。ワインをのみながらテレビの報道番組を観ていたようだったが、民子が入っていくと即座にリモコンを手にしてテレビを消し、

「聞いてよ」

と言った。

「どうしてここにいるの?」

民子は訊いたが、理枝はそれにはこたえず、

「薫さんはお風呂よ」

と、まるでそれがこたえであるかのような言い方をする。そしてもう一度、

「聞いてよ」

と言った。その表情と口調から、理枝が憤慨《ふんがい》していることがわかった。待ちきれないらしく二階までついてきて話すので、民子が着替えて手を洗い、再び階下《した》におりて聞く態勢を整えたときには、内容のあらましがわかっていた。香坂が理枝の誘いを断り、その理由がべつな女性と会う約束があるからで、そのことを悪びれもせず「ぬけぬけと」自分に打ちあけた香坂に、理枝は腹

を立てているのだった。その女性は「ディリアだかリディアだかいう名前」のまだ若いアメリカ人で、先月早希に誘われてでかけたパーティで知り合ったらしい。

「要は遊び人なのよ」

ソファにどさりと腰をおろして、ワインを手酌しながら理枝は言った。

「興味を持つと、すぐ女に声をかけるんだから」

前に聞かされた、理枝と香坂の出会いもそういえばそんなふうだった、と民子は思いだす。

「おもしろい子で、ただ友達になっただけだって本人は言うんだけど」

じゃあ、ほんとうにそうなのではないのだろうか。隠しもせず、悪びれもせずに理枝にそう言

ったのなら——。が、民子がそう言うと、

「それでもだめよ。あたしに夢中なら他の女と友達になる必要なんてないでしょ？」

という言葉が迷いなく返った。民子は感心してしまう。民子自身にはできない発想だ。

「それにね」

と理枝は続ける。白いシャツに黒い薄手のセーターを重ね、コーデュロイ素材のたっぷりした

パンツを合せたきょうの理枝は、ちょっと往年のダイアン・キートンを思わせる。

「それにね、あたしが誘って断られたのは普通の日じゃないのよ？　あたしの誕生日なんだか

ら」

なんと、と思った。

「十月十四日、もうすぐね」

言われるまで忘れていたのだが、言われて思いだしたので日にちを（あたかもちゃんと憶えていたかのように）言ってみる。

「そうよ。それなのに、よりによってあたしの誕生日に、他の女と約束することないと思わない？」

理枝は語気を強めた。

「その日が理枝の誕生日だって、香坂さん知ってて他の予定を入れたの？」

だとしたら確かにすこしひどいかもしれない、と思って尋ねると、

「知るわけないじゃないの、サプライズのつもりだったんだから」

という返事で、民子はあやうくワインを吹きだすところだった。怒っているだけでなく、多分に傷ついてもいるらしい理枝には申し訳なかったけれど笑ってしまう。

「サプライズって、普通は祝う側がするものでしょう？」

笑いながら言った。

「あたしは普通じゃないもの」

理枝はこたえ、

「それにね、自分の誕生日を事前に知らせるなんて、お祝いを要求してるみたいでみっともないじゃないの」

と言う。

「だからね、素敵なレストランを予約して、彼を招いて、当日、ジャジャーン、実はあたしの誕

生日ですっていうのをやろうと思ったのよ」

と。民子はいかんともし難く胸を打たれる。その計画は、とても理枝らしい。とてもとても理枝だ。

「好きな男二人に祝ってもらおうと思って朔の予定はあけさせたし、だからその日は朔に香坂を紹介する日にもなるはずだったんだけど、それもすべておじゃん」

「あー」

へんな声がでた。悄気《しょげ》ている理枝が気の毒だった。が、今回のことは不運な事故のようなものだとも民子は思う。計画を知らないのだから、香坂を責めるのは理不尽だろう。

「香坂さんに話してみれば？」

それで民子はそう言ってみた。

「理枝の誕生日だってわかれば、そのアメリカ人との約束をべつな日に変えてくれるんじゃない？」

「オーマイグッネス」

理枝の返事は英語だった。

「そんなのあたしのプライドが許すわけないでしょ」

だとすると、民子に打つ手はない。

「パジャマ、持ってこようか？」

ワインをのんでいる以上今夜は泊っていくのだろうし、そうであるならば楽な恰好になった方が寛《くつろ》げるだろう。

「助かる」

理枝が短くこたえ、部屋をでようとした民子のうしろから、

「心配しないで、きょうはあたしがここで寝てあげるから」

という声が追いかけてきた。あげるって何よと思ったが、理枝のいつもの物言いが早くもなつかしく、微笑ましくもあった。

着替えて化粧を落とし、二本目のワインを注《つ》ぎ分けるころには怒りが幾分収まったようで、

「百地のところに行ってたんでしょ？　どうだった？　百地、元気だった？」

と理枝は話題を変えた。元気だったと民子はこたえ、まどかの身上書を預けた話をした。

「いいんじゃない？　百地、顔が広そうだし」

というのが理枝の返事で、民子はほっとする。

「そうよね、彼、適任よね？」

夕食には何をたべたのかと訊かれ、百地の手製のミートソーススパゲティだとこたえると、理枝は間髪を入れず、

「あら、お気の毒」

と言った。

「ここのごはんは素敵だったわよ。茶碗蒸《ちゃわんむ》しがあったの。肉じゃがと、きのこのホイル焼きも！」

と、目を輝かせて。

「スパゲティもおいしかったわよ」

気の毒などと言われて百地が気の毒になり、民子は言った。「サラダもあったし、食後にはケーキもだしてくれたし」

と、まるで対抗するように。

「ふうん」

理枝は疑い深そうな声をだす。

「で、百地とはどうなの？　いい感じのことになりそう？」

「全然」

民子は即答した。二人で柔軟剤談義なんて、理枝の言う「いい感じ」からは程遠いだろう。

「ならないし、なりたいとも思ってないの」

本心だったが、洗濯機に入れる薬剤について心置きなく話せる関係というのは、自分にとってのいい感じだとも思う。

「それは残念」

理枝は言い、どういうわけかグラスを掲げてみせたので、民子もおなじ仕種で応じた。一体何に対する乾杯なのだかわからないまま――。二本目のワインは理枝が持参してきたもので、ラベルにカエルの絵がついている。

民子が驚かされることになったのは、そのあとしばらくのみ、そろそろ寝ようとしたときだった。

「でね」

と唐突に理枝が話を継いだのだが、最初、何が「でね」なのか民子にはさっぱりわからなかった。

「遠藤さんを誘っちゃった」

理枝は言い、それはつまり誕生日の話の続きなのだった。

「だって、せっかくお店を予約したのにキャンセルするのは悔しいじゃない？　なにしろあたしの誕生日なんだし」

「遠藤さん？」

尋ねると、

「ほら、前に話したじゃないの。あいりちゃんのお父さん」

と説明された。そこからの理枝はノンストップで、「だって、他に思いつかなかったんだもの」とか、「このあいだ焼肉をごちそうになっちゃったし」とか、「三人じゃ変だから、もちろんあいりちゃんも誘ったわよ、予約を四人に増やして」とか早口でまくし立てる。

「香坂だって他の女と会ってるんだから、あたしが他の男と会っていけないはずはないでしょう？」

とも。民子はあっけにとられる。なんとまあ、行動の早いこと。けれど考えてみれば（というより考えるまでもなく）、これもまた、とても理枝らしいことだった。

「さっきは心配して損しちゃったわ」

民子は言った。香坂が悪いわけではないにしても、悄気ている理枝には同情を禁じ得なかったのだ。

「つくづく思うけど、理枝はいつも私の想像の上をいくわ」

「それほどでもないけど」

べつにほめたつもりではなかったが、理枝は婉然《えんぜん》と微笑んで謙遜し、

「そういえばさ、朔もそうなんだけど、最近の若い子って『想像の斜め上』って言わない？」

と言う。

「あれってどういう意味なのかしら。想像の上と斜め上とどう違うの？」

と。民子もその言い回しは聞いたことがあったが、自分では使わない言葉だし、意味の違いについて特に考えたことはなかった。

「さあ」

それでそうこたえた。

「早希に訊いてみよう。あの人は子供を二人も育てたんだから、若い子の言葉もちゃっかり使えるんじゃない？」

理枝が言う。

「そういうものでもないんじゃない？」

民子はやんわり否定したが、理枝はすでにスマートフォンを手にしていた。

「たぶんもう寝てると思うけど、ラインなら構わないでしょ」

そしてたのしげに文字を入力し始める。

本書は「ランティエ」二〇二一年十月号から二〇二三年六月号までの連載分に加筆・訂正致しました。

装画　西　淑
装幀　鈴木久美

著者略歴

江國香織〈えくに・かおり〉
東京生まれ。1987年「草之丞の話」で小さな童話大賞、92年『きらきらひかる』で紫式部文学賞、2002年『泳ぐのに、安全でも適切でもありません』で山本周五郎賞、04年『号泣する準備はできていた』で直木賞、12年「犬とハモニカ」で川端康成文学賞、15年『ヤモリ、カエル、シジミチョウ』で谷崎潤一郎賞を受賞。他の著書に『ウエハースの椅子』『なかなか暮れない夏の夕暮れ』『ひとりでカラカサさしてゆく』など多数。

Kadokawa Haruki Corporation

江國 香織
シェニール織《おり》とか黄《き》肉《にく》のメロンとか

*

2023年9月18日第一刷発行

発行者 角川春樹
発行所 株式会社 角川春樹事務所
〒102-0074 東京都千代田区九段南2-1-30 イタリア文化会館ビル
電話03-3263-5881(営業) 03-3263-5247(編集)
印刷・製本 中央精版印刷株式会社

定価はカバーに表示してあります。落丁・乱丁はお取り替えいたします。
ISBN978-4-7584-1449-4 C0093
http://www.kadokawaharuki.co.jp/
JASRAC 出 2303656-301